河出文庫

紅雀

吉屋信子

河出書房新社

作者の言葉

個性のはっきりした少女、寂しくきつい誰《たれ》にも馴《な》れえぬ悲しい性《さが》を持つゆえに苦しい（まゆみ）この美しく冷たい少女が、どう心を成長させたか、それを描《えが》いてみたく筆をとったのが、此《こ》の「紅雀《べにすずめ》」です。

この一篇の物語が読む方達に、その女主人公を通して何か暗示出来たら、作者は嬉しく思います、かくあるようにと！

千九百三十二年初冬庭の山茶花咲く日

目次

紅雀

黒き瞳のひとよ

うれし悲しの色を見せぬ
あはれ君の黒きひとみ
そは鉄《くろがね》と黄金《こがね》の熔《と》けて凍《こほ》りし
死火山の冷き宝石。

――ボードレール――

東海道線の――東京行《ゆき》の列車に沼津《ぬまづ》駅から父が温室で咲かせたフリージヤの花一束《ひとたば》を携《たずさ》えしまま身軽に乗り込んだ蔦村純子《つたむらすみこ》は自分の占《し》めた座席の前にいち早く二つの黒い瞳を見出《みいだ》した。

その瞬間純子は思わずはっとした、それは何故か――勿論その双《そう》の瞳が世のなみならぬものであったのは言うまでもない、黒耀石の如くあくまで黒く、しかもその冷たい澄んでいること！　喜びも悲しみも愁《うれ》いも皆その瞳の奥深く黒き宝石の光の中に秘め包んで、太古《たいこ》の湖水の面《おもて》小波《さざなみ》一つ立てぬ静かさである。その瞳の奇《く》すしい美に打たれたのもはっとした一つの原因ではあった。けれどもも一つの原因は――ただ漠然とぼんやりと何《な》んということなしに、純子は曾《か》つてかかる瞳を此の世でか、もしくは生まれぬ以前のあの世でか、ちらと、ほんのちらりと心の陰に映じられたような気持が、これもちらっと感じたのである。それで彼女はその瞳の主を見た。その美しくも怪しきばかりの凍れる宝玉の双眸の持ち主は十四五歳の少女である。

その少女のよそおいはざっとこうである。まず瞳に劣らぬ黒髪は断《た》たずに背の中ほどでぷっつりと切り離して編んで垂《さ》げてある。そして紺羅紗《こんらしゃ》の大黒帽《ターム》をあみだに、ほどよく額《ひたい》の露《あら》わす冠《かむ》り方《かた》をして、身には、紺地に赤の絹糸で横に模様を上着の胸と袖口とスカートの裾に入れたメリヤスの上下一対《トリコット》を着込んでいる。車中はスチームが通って汗ばむほどだから外套《がいとう》を脱いでそのままの姿でいるらしい。深い紺に赤の線を入れたその服は非常に強い調子のものであるのに、此の少女のスタイルを生かしてよく似合った。少女の顔の色は小麦色で、顔の輪郭《りんかく》もやや平均をかき、鼻筋は通って、唇がきつく引き締って烈《はげ》しく意志的であるだけに、ずいぶんきつい、ややもすれば小憎《こにく》らしい感じを与える。けれどもその二つの黒く美《うる》わしの瞳が生ける輝く貴《とうと》き二つの宝石となって彼女を飾り、彼女の顔の欠点を皆覆い圧してしまう。

――不思議な珍しい感じの少女！

純子はこう思って、あまりじろじろ見るのも気がさして眼をそらすと、その少女の隣に仲よく並んで腰かけている一人の少年、十一、二歳の子がいたのだった。その少年の顔はまあ何んと云う可愛《かあ》ゆらしさ、上品で貴族的でそして可憐で——ほんとに可愛《かあい》い可愛い美少年だった。色白でふっくらとして眼はまろく、髪の毛は女の子のようにお河童《かっぱ》にして前へ切下《きり》げているその顔、まるで童話に出て来る小さい王子様のような俤《おもかげ》である。やや古びてはいるが黒びろうどの服、胸のところに白い折り返しの衿がカフスとお揃いについていて、半ズボンの下の細い小鳥のような脚、身体全体ほんとに可愛ゆらしくて可愛ゆらしくて、思わず食べてしまい度《た》くなるほどだった。誰でも此の美しい童子を見たらうっとりして微笑まずには居られないだろう！　その冷たい瞳の主《ぬし》の少女の直《す》ぐ傍にこの美しい果物のような少年、この妙《たえ》なるコントラスト！　純子は何か言い知れないロマンチックな思いをさせられた。

——姉弟《きょうだい》かも知《し》れない、きっとそうよ。

純子はこう思うと、こんな姉弟のある事に魅《ひ》かされてしまった。純子は兄を二人もっているだけ、女の子は自分一人だった。姉も妹も又《また》弟の味を知らない彼女は此の姉弟のおもかげを何か特に懐かしく床《ゆか》しいものの様《よう》に思っていたのである。この純子は今年のお正月を迎えて二十三になる。彼女は十五の秋母を失い、母の実家があった長崎のカトリックの女学校に学び卒業後も研究科に止《とど》まってフランス語やフランス料理や音楽もフランス人の尼様《あまさん》に愛されて教えられていた。二十一の時二ヶ年修業の研究科は優等で卒業出来たのに、自分から進んで特にもう一年学校に止まり度いと言い出した。父親の反対もどうやら説き伏せて、それから一ヶ年二十二の春まで特別研究生という様な名目でただ一人、尼様達にフランス文学や会話の稽古を習っていた。そして二十二の春はいよいよもう学校に止まりようもなかった。

其の頃すでに呉市《くれし》の軍港を去って沼津に老後を養なっている予備海軍少将蔦村寛之丞《かんのじょう》の手許へ引き取られて間もなく結婚談が持ち上ったが、それを断って折角《せっかく》学んだ知識を役立てて何か職業を取り独立したいという望みで、折《おり》から辻男爵家《つじだんしゃくけ》で家庭教師を募集して、仏語《ふつご》に長ぜる人という条件に叶い身許もよかったので、その家《いえ》に家庭教師として住み込んだのである。そして此のお正月の休みを男爵家から貰い、久しぶりで沼津海岸の家に忠実な奉公人の老僕《ろうぼく》夫婦を相手に好きな謡《うたい》や碁《ご》に閑日月《かんじつげつ》を送っている父を見舞って数日滞在し今その帰郷の途中なのである。純子の父親もすでに長男も次男もそれぞれ一人は海軍に一人は大阪の銀行にそれぞれ職を選《え》らんで一家を成《な》しているので、三人兄妹の末のただ一人の娘が結婚さえすめばもう安心なので、純子の一日も早くそうなることを望みつつ待っているようなものだった。しかし純子は結婚ということをチブスやコレラ病の如くに大変嫌って此の問題を避けてばかりいた。彼女が学校に無理をしてまでいつまでも残り、又結婚をいやがるのも何んの為か父親にも二人の兄達にも解き得ぬ謎だった、「そんなに女のくせに学問が好きでも困るな――」まあこう思っているのではあったが――外《ほか》に理由があるとしてもそれは当人の純子と、そしてマリア様だけ御存じのことであるのか！？

こういう純子が今車中ではからずも乗り合わせた此の旅客の少年少女に――兄達二人が家庭を離れたあとの一人子《ひとりご》同然の寂しい我身を思って、今更に年齢下《としした》の妹や弟の欲しいような気持で眺めるのも無理ならぬわけであったろう。

汽車はおいおい東京へと近づいてゆく、前の姉弟らしい小さい二人も口数もなく窓外《そうがい》の風景を眺めやっている。車室の中《うち》は静だった。一月も半ばすぎ、年末や新年旅行の過ぎた後《のち》のせいか、客もこまずにまことにひっそりとしたもので――純子が一寸《ちょっと》見渡すと後部の方に二三人の紳士連が何かがやがや言って煙草《たばこ》の煙を吹いていたが、それも間もなく途中で降りてしまった。しかし、その他にまだ一人の乗客があった。

それはさっきからあんまり純子が前の席の幼ない二人に気を取られ過ぎていたので、うっかりしていたのだが、純子と二人の姉弟の向い合った反対側の座席に一人の中年の婦人が、旅の疲れで眠っているのか、石像のように動かないでいるのだった。その婦人の横には古い鞄の大小が二箇つまれて婦人はそれによりかかるように頭を伏せてじいっと動かないのである。伏せているので顔全体がさだかにわからないが、その横顔は少し乱れた髪の毛の蔭《かげ》に青ざめた秋の花のように見えた上品な美しい横顔である。併《しか》しいかにしても血の気のうせた寂しい顔である、身につけた衣服は昔のきものと見えて、その婦人の年齢には、ややはですぎたのを染め返しでもしたのか、少し黒ずんで萎えた錦紗《きんしゃ》お召《めし》の羽織が、痩せた肩をともすればすべり落ちようとしている、それさえ気づかずにいる此の旅の婦人はよほど疲れ果てているのであろう、そして彼女が座席の肱《ひじ》懸《か》けに置いた片手の指先には指輪どころか、その細い指がひどく荒れはてて、いかにも彼女が烈しい水仕事をしていたかのようである、しかしその全体の感じはどこか上品でこれでお化粧に身をこらせば美しく見える人らしいのだが、化粧の跡もなく青ざめたその横顔はややもすれば蠟《ろう》の如く冷くも思われて哀《あわ》れ深かった。

純子はその婦人か何んであるか知るよしもないが――一人旅の婦人がこうして車の中で眠りに落ちている姿は――その女性の身に負う労苦の多いのを物語っているようで気の毒な感じだった。

そして又前を見ると、二人の少年少女の旅、二人だけで何処か別荘へでも行った帰りかしら、それにしてはお供も附添《つきそ》いもないが――それよりも此の二人の身なりがやはりどこか、古びた服を手入れして着せられているようで、そんな風にも見えないし、もとよりこれで美しい新しい服を着飾らせたらどのように貴族的に見えるかも知れない姉弟にちがいないが――純子はとうとう彼女の好意のある優しい好奇心とその二人の子供への懐しい可愛ゆさから、とうとう言葉をかけて見る気になった。いったい口数の少ない沈み勝ちな寂しげな純子のふだんから言えば、それは一寸勇気が必要だったが、彼女は微笑《びしょう》と共に問うた。

「貴方《あなた》がたお二人きりで何処へ、東京？」

不意に純子に声をかけられて、少女はその例の黒耀の瞳をむけた。しかし直ぐ唇を開こうとしなかった。しかしそれよりも早く少年の方は人なつっこい顔で可愛ゆい声をあげて、

「いいえ、僕達母様と一緒なの――」

と答えた。

「あっ、そう――」

と言って、純子はふとあの向こう側の座席に動かぬ姿勢のままにうつむいている婦人を見やった。

「母様ずいぶんお疲れなのね、あんなにおやすみになったまま――」

これは姉の方の声だった。

「そう、では長く汽車に乗ってお疲れなのでしょう」

純子が言えば、

「ええ、幾日も幾日も船も汽車も――」

と少女が答えた、きっぱりした淀みなき口調で――

「そう、どんな遠くから？」

「大連《だいれん》から」

今度は弟の方が勢いよく答えた。

その時車掌が入って来た。

「お手数ながら切符を拝見いたします」

純子はまず最初に自分の切符を示した、車掌はそれを改め返すと次に二人の姉弟の方を見て、

「貴方がたの切符は？」

言われて少年は「母さま、切符！」と向う側の眠れる母に声をかけた、しかし一度少年の可愛ゆい声を出した位では、その母なるひとは眼ざめなかった、よほどひどく疲れて深い眠りに落ちているのであろう。

「章ちゃん、母様はたいへんお疲れなのだから、無理に起こしてはいけません、切符は私さがしましょう」

姉の少女はかく言って母を起す弟をとどめて立ち上った、そして彼女は自分の腰かけていた椅子《シート》の上を見渡して一つの手擂《てず》れのしたしかし立派な革細工のハンド・バッグを取り上げた。

「母様の手提《てさげ》がここに置いてございましたわ、きっと此の中に切符は入って居《お》りましょ

う」

年齢頃《としごろ》にはませたきまりのついたものの言い方をして、彼女はそのハンド・バッグの中を開いた、「あ、ございました」と彼女は三枚の乗車券を車掌の前に差し出した、その乗車券は赤かった。――車掌は困った顔をした。

「これは三等の切符です、――これをお持ちなら三等の方に移って頂《いただ》かなければなりませんが……」

車掌も相手が子供なので重くもとがめられぬ様子で言葉おだやかに言った。

それを聞いてこの姉弟が所持した切符が三等で、そして二等車に乗り込んで居たのを始めて知った傍の純子は思わず我事《わがこと》のようにうす紅《あか》く自分が頰を染めてこの少女がどうするのかと胸がどきどきした。

しかし、しかし、ああしかし、その少女は純子のはたからの心配をよそに、その場合いささかも恥じた色は露《つゆ》だに示さなかった、その黒く冷たき瞳は何んの困惑の色もなく、やはり以前の如く冷く黒き宝石の如く澄み切って、――彼女ははっきりと言った。

「そうでございましたか、私共は母様が神戸駅で何等の切符をお求めになったのか存じませんでした、そして母様はたいへんつかれていらっしってプラットホームを長くお歩きにもなれない位でしたから、私共の前にとまった車にすぐ乗ってしまったのでございます」

あざやかな条理整然《じょうりせいぜん》たるその答えよ！　そしてその落ちついたやや昂《たか》ぶりしかと思うまでの気品のある少女の態度は、誰が考えても、不正を承知して乗ったのではなく、まったく偶然のあやまちであったことを信じさせた、それのみか此の少女が善い教養のもとに育てられた事さえ感じさせるのだった。

それを聞いて純子はほっとした、ああ心配する事はなかったのだと——車掌も又感服したのであろう、きわめて言葉叮寧《ていねい》に、

「そうですか、よくわかりました、でも規則ですから、もし此処にお乗りになるのだったら、二等乗車の追徴金を頂かねばなりません——又は三等車の方へお移りになりますか？」

その時純子は口をさしはさんだ。

「あの——それは此のお嬢さんのお母様にお話しせねばならないでしょうが、——あのようにたいそう旅疲れでやすんでいらっしゃいますから——お眼ざめの後で申し上げることに、一時それまで私そのお金をお立替いたしましょうか——」

純子はむろん此の母子《おやこ》が今更三等車の方へおめおめ疲れた身で移り行く筈《はず》はないと思ったから——その母の眼ざめるまで純子はその面倒な追徴金を支払らい立替ておいてあげようと思いついたのである、

「そうですか——よろしかったらそうお願いしてもよろしいのですが……貴方は御一緒

のお連れですか？」

　車掌はたずねた。

「いいえ、ただ沼津から私は乗り合せて一寸さっきからこのお子さん方とお話を交しただけでございますが――でもそのお立替位いたしても差し支えございませんでしょう――」

「それは――しかし何んですよ、東京でお降りになる前に戴《いただ》ければよろしいのですから、又後であの御婦人が起きられてから参ります」

　こう言いすてて車掌は歩み去ろうとしたとたん、何かレールに故障でもあったのか、がたんと車はきしって列車はひどく動揺した、乗客の足はみなよろよろとよろめいた、その時あの向う側の椅子に眠りほうけて、かかる車掌や我子や純子達の話声にも眼ざめる様子もなかったその母の婦人は、かたりと汽車のゆれたはずみに、前のめりにばたりとまるで暴風雨に朽木《くちき》がもろく倒れ伏した如く倒れたのである。

「母様あぶないッ」

　と少年がいち早くそれを見て声をかけたので、外《ほか》の三人もその方を見やった、さすがに眠りこけていた婦人も、それでやっと眼ざめるかと思いの外――これはどうした事ぞ！　倒れたそのままの姿でじいっと身動きもしない――

「怪我でもなすったのではないでしょうか――」

と車掌はその婦人の方へ近づいた時、列車は別に大したこともなかったのか又速力を出して動き走ってゆく、

「もし、もし、どうかなさいましたか」

車掌はその婦人の肩に手をかけて揺り動かしたが、忽《たちまち》彼ははっとその手を離して叫んだ、

「あっ！　此の方は死んでいらっしゃるんですッ――」

散りし命、残れる花

　あっとまず純子は自ら倒れるばかりの意外なあまりに意外な驚ろきに全身を打たれて立ち上《あが》った。

「母さま！」

　少年は叫んでわっと泣き出して姉の手に犇《ひし》としがみついた、おお、その時、げにもその時ぞ、かの少女は黙然《もくねん》と立ちしまま、しかもその黒き冷たき瞳はいささかも何んの表情も示さず、悲しみも驚ろきもその色だに浮かべず依然として冷く清く澄み渡ったまま――さながらに、おおさながらに何事の起りしかも知らざる如く黒き瞳は澄み冴えしまま静《しずか》に静に身じろきもしなかった。

　かつて、かの赤き切符を車掌のとがめし際も、いささかの心の動きも恐れも見せざりしその瞳、それにすら純子は驚かされたのに、今また彼女の母がまのあたりその死を見出された今！　その今かくも黒く冷く平然と澄みて波たたぬ氷れる湖と冴えわたるその黒眸《こくぼう》のひとよ！

「母さまが――母様が――」

少年は泣き声に咽《むせ》んで姉に身を抱《いだ》きよせた、母の死を告げられて身も世もなく泣く弟の手を、ふとその姉は我が掌《て》に握るや此の時、つかつかと、すでに魂此の世を去りしという、その母のかたわらへ寄るや、彼女は始めてかたきその唇を開いた、低く、美しく澄んだ声で、

「母様」

と呼びつつ、伏せる母の顔を双《そう》の手にやさしく抱えあげた。蒼ざめし花にも似しその面《おもて》はいよいよ真青に、乱れし髪はほつれて萎えし蕊《ずい》の如く、半ば閉じられた眼《ま》ぶたはすでに動かず、もはや永遠に我子の名を呼ぶこともなきその唇は色褪せて――触れし手に冷きその頬に血はすでに通わずなり果てて！　散りし命の儚なき軀《からだ》一つ、その前に残されし二つの小さき花が二人のはらから……これが純子の前に開かれた人生の一つの光景《シーン》であった。

――私は夢を見ているのではないかしら？――一時純子はこううたがったほどである、でも夢ではなかった。確実にそれは現実の出来事であるのだ。

此の車中の思いがけぬ事件に車掌は当惑し又二人残された子への同情に暫時《しばし》言葉もなかったが、

「貴女《あなた》がたは神戸からでしたね、あすこに棲んでいらっしゃったのですか」

少女に車掌はまず尋ねた、

「いいえ、大連に暫《しばら》く住んで居《お》りました、大連からお船で神戸へまいりました、それから此の汽車に乗ったのでございます」

少女は少しも取り乱さず、母の亡骸《なきがら》を守るが如く母の肩を抱き締め片手に可憐な弟の手を握りつつかく答えた。

「お母様は何か御病気だったのですか？」

「はい、心臓がお悪かったのです、お船の中でも一度も食堂へお出になれずベッドに臥《ふせ》ってばかりいらっしゃいました。」

車掌と共に純子もその少女の声音を一語一語もらさじと耳を澄して聞入るのだった、これがもし他に乗客があれば弥次馬はいかばかり群がって騒がしかったかも知れぬが、仕合せとその日その時、他の乗客は途中で降りた後で、純子とその三人だけだったのである。

「お母様はいつ頃からこうして眠ったようになられたのです」

車掌に言われて、

「お昼頃はまだ私共にお話なさいまして、私共の御昼ごはんのお弁当も下さいました、それから間もなく少し胸が苦しい疲れたせいだろうと仰しゃって、そちらの鞄の方へいらっしして、そこに寄りかかってこうしておやすみになったのでございます、私も弟も母様は疲れて眠っていらっしゃるばかりと思ってお起しいたしませんでした」

　少女がはっきりこう答えた時、車掌は腕時計を見た、針は午後二時十五分を示していた。

「して見ると、此の一時間あまりのうちに、此のお母さんは眠ったままに息を引き取られたのですね」

　車掌がかく判断して言った其の時、少女は少しきっとなって彼女の瞳は動かぬ色のままにその眉はあがった、そして言葉をつよめて、

「ほんとうにお母様は此のまま死んでおしまいなすったのでしょうか、いいえ、私はお医者様に診て戴くまでそう思い度くはございません、けっしてけっしてお母様が死んでおしまいなすったなどとは――あの信仰深かったお母様をマリア様やキリスト様がどうして私共から離しておしまいなさるでしょう、もう私共にお父様が無いことは神様が御存じの筈ですもの。――」

　こう言い切ったその時少女のあの黒く冷たき瞳にふっと浮かびし玉の如き泪《なみだ》が、ああひとしづくひとしづく、そして又ふたつふたつほろっほろっと散りこぼれしと見るままに、きっと嚙み締めた唇と共にその泪の玉は消えた――そして又冷く澄める瞳は仄に濡れしまま、もはや何んの色も露《あら》わしはしなかった。

「あの――お医者を呼んであげられないでしょうか――」

少女の堪えかねて僅《わずか》にもちらと秘めて浮かべたその瞳の泪をふと見し純子はもう胸がはりさけそうになった、そしてこう言わずには居られなかった。

「そうしたいと思うのですが、この汽車は半急行のまま、もう東京まで止りません、しかしもう三時には著くのですから、あと三十分です」

車掌の再び見た腕時計は、さっきからすでに十五分を経過していたのだ。

「貴女がたは東京に御親戚でもあるのですか?」

車掌は心配そうに訪ねた。

「いいえ、ございません」車掌も又純子もがっかりして、今更に気の毒そうに二人の孤児を眺めた。

「東京にはなくとも、何処かに叔父さんとか叔母さんとかいう方はいませんか?」

車掌が更に問うたが、少女は軽く首を振った。

「いいえ、何処にもございません、そしてお父様が一人フランスにいらっしゃいましたが、四年前にお亡なりになりました、叔父様は去年の秋ハルピンでお死《しに》になりました。それまでハルピンに住んで居りましたが、その為お母様は私共を連れて大連へいらっして、音楽を教えていらっしたのですが、御病気におなりになって、大連は気候が悪いので、東京へ出て音楽で出来る職業を見つけると仰しゃって、私共を連れてこうして参る途中なのでございます」

少女の泪はすでに跡なく、彼女は雄々しくよどみなく明瞭にこう問わるるままに答えて行く。

「そうですか、誰方《どなた》も身内がなくて困りましたな、――お父様は何んと云うお名前で、何をしていらっしたのです」

車掌は手帖を取出した。

「お父様は司《つかさ》――こう書きますの」

と彼女は車掌の手帖の上に自ら鉛筆で父の名をしるした、はっきりと調《とと》のった字体で手帖の頁《ページ》の上には司直行《なおゆき》と書かれた。

「お母様のお名は？」

「ひさ子と申しました」

「ハルピンでお父様は何をしていらっしたのですか」

「ロシア人の方と御一緒に商会をつくっていらっしたのでございます、日露商会という名でした。委《くわ》しい事は存じません、私共は商会と離れた別な住居に居りましたから、お父様は毎日その商会へお勤めにお出かけになっていたことは存じて居ります」

「そうですか――」

車掌は嘆息した。純子も愁然と首をうなだれて、此の少女と少年にどういう慰さめの声をかけよう術《すべ》も知らなかった、車掌は困った顔で純子に言った。

「もう東京駅へ著きますが、医者が来てもこのお母さんのこの御様子では仕方がないのでしょう、するとこの二人は可愛想に孤児院にでも渡すより外ないでしょうし、又此の御婦人も外に身寄もなくば行路病者《こうろびょうしゃ》の死んだように扱かうより致し方がないのですが――見受ける処《ところ》、元は相当な家庭の人らしいのですが何しろ気毒なことですな――」

「ええ、ほんとうに――でもあの孤児院にこの二人の方を――」

と純子にはその時孤児院という言葉が世にも冷たく情なく響いたのである。

まあ孤児院に此の二人が――そう思うと純子は堪えられなく眼を伏せた。

――列車は東京駅に著いた、かかる悲惨な出来事がありしとも知らず他の車室の乗客は騒々しく降り立ってゆく。と、純子は降りられもせず車に残った、二人の子が気がかりなので――車掌がホームへ飛び降りるようにしたと思うと間もなく二三人駅員がどやどやと駆け込んで来た。純子は別にこの子の身よりでもない以上、そこに長く止まることは弥次馬めいてはずかしいような気持もした。しかし自分としてはいかにしても此の少女達姉弟の成行きを見ずに立ち去り、此のまま見知らぬ行きずりの路傍の人になるのが辛《つら》くて忍びがたかった。

彼女は遂に決心して恐る恐るあの車掌に願うように言った。

「あの――私は御存じのように汽車に偶然乗り合せただけの者でございますが、私も十五の時に丁度此のお嬢さんの年齢頃母を亡《うし》ないまして、今こうした不幸な子を見ますとじっとしていられないほどお気毒でなりません、それであの――もし此の御姉弟の身よりがなく、どうしても孤児院へお入れするより仕方がないようでしたら、私がどうにかして手許へお引きとり致したいと思いますので、申しおくれましたが私は――代々木《よよぎ》の辻男爵家の御邸《おやしき》でお子様方の勉強のお相手をいたして居ります者で――辻男爵家の未亡人は思いやりの深い優しい方ですし、社会的な慈善事業なぞにも本心から働らいて下さるような夫人でいらっしゃいますから、よくお願いいたしましたら何んとかあのお子さん方の助けになって下さると存じますので、これから直ぐ邸へ帰りまして今日の出来事を申し上げて見ますから、そのおつもりで此のお子さん方の今後の御処置につきましては後で一寸お知らせ願いたいのでございますが――」

純子は口数の少ないひとで、社交的にしゃべれぬ身をやっとの思いでこう自分の意志を発表したのである。

「ああ、そうですか辻男爵家の――ああそうですか――それは此のお子さん達もそうした御親切な方がいらっしゃれば非常に助かりましょう、ともかくですな、今は鉄道の方の責任と義務として此の御婦人の身許もしらべますし、医者も警察も今直ぐやってまいりますから――いずれ相当の手続きを履《ふ》みませんとなりませんが、ともかく此のお二人の子は駅の方でも警察の方でも十分の保護を加えますから――いずれいよいよ此の子を引きとる縁者《えんじゃ》身寄りの人がいないとなったら貴方の方へ御相談することにいたします。

なるべくなら誰かこの子の血を引く人でも何処かにいてくれれば知らせてやりたいと思うのですがね」

　車掌もさきからの事情を知っているだけに、気毒でならない様子だった。

「ではこの名刺を差し上げておきますから、電話もここにかいておきます」

　と純子は自分の名刺に辻邸と電話番号をいそいで書き込んで車掌に手渡した。そして今駅員にかこまれている、あの少女と弟と、そしてその下にすでに冷たい軀の母とを見やって泪ぐんだ。そしてやはり直ぐには立ち去りがたかった。サーベルの音がして警官と医師が入ってきた、医師は車掌の委細の報告に耳をかたむけつつ、婦人の脈を見、その胸に聴診器をとり出したが、断然医師は告げた。

「もう、いけません、心臓麻痺です、すでに絶命後二時間を経過しています」

　――ああ！　かの姉弟は切に願い又純子も一筋の望を医師の手当に懸けていたのに、この宣告でもはや一筋のかぼそき望は空しく切れ放たれたのである。姉と弟のその時の様子いかなりしや――純子は思わず眼を覆うた。しかし耳に響きしは幼なき少年の泣く声のみ――少女は端然と弟の手を握りしまま母の肩を抱きて石の如く像の如く身じろぎもしなかった。純子はつと我身に着た紺青のシャルムーズのコートをさらりと脱ぐや、その亡き婦人の身を覆うた、そして網棚の上に乗せてあった、沼津から持ち込んだ東京への土産《みやげ》の花、匂いも高きフリジヤの花をおろして包みの紙をとき一束のましろき花をその亡きひとの胸のあたりにささげた、その亡き人の面は石蠟の如く寂しかったが、その母《はは》の額、その眉、眼もと、傍《かたわら》に泣く少年の顔ざしに生き写し、かかる美しの子を持ちし母人《びと》がその若かりし折はどのように麗人でありしぞ――いまさらに哀れふかくも痛ましい限りではないか――

「あのお母様はマリア様を信じていらっしゃると、さっき仰しゃいましたね、それでは私と同じ信仰のもとにつながって居りますのね」

純子はこう少女に向って言って、その亡き母人の前に黙禱をささげた。

「いかなる運命のもとにかくは逝き給《たま》ひしぞ、君が此世に母としての戦い疲れて倒れし後に残されし二人のはらからに我が手の及ぶかぎり助けまいらせせん――慈愛海の如きひろく、われら地上の者をみそなわす神よ、わが弱き手に此の幼子を救い得る力を与え給え、サンタマリア――」

祈りはささげられた、フリジアの花のひともとふたもと亡き人を覆う純子がなさけの紺青のコートの上に心あるかの如《ごと》く散った。

「小さい方達、私はきっともうすこしたつと貴方がたをお迎えにあがります。暫く強く我慢して待って下さいね。きっときっと私は貴方がたを忘れずに迎えにまいりますよ、お亡なりになったお母様の、み魂と神様の前で誓います。」

純子はこう少女と弟に告《つ》げた。

「小母《おば》さま、きっと――」

と弟はその時人なつこく早くも純子を小母様とよんで母亡き時居合わせた此のやさしい若い女性により添うあわれにいじらしい様子をした。

「ええ、きっときっとまいりますよ。」

つと馳けよって、その少年を純子は抱《だ》きしめて、ああどんな事があっても私は此の子達を見すてまい、マリアが今日私に私の生涯に成し得るもっとも善き事をお授け下すったのだと心に叫んだ。

「あの、亡なったお父様やお母様のお名前はさっき車掌さんに仰しゃいましたが、まだお二人のお名を伺いませんでしたね、教えてください」

純子はもはや我が生涯のいとし子のような気がする此の子の名を呼びたかった。

「僕章一《しょういち》」

泣き疲れつつも愛らしく答えるその声のいとしさ、

「お姉様は?」

とそのとき、純子が少女を見上げると、黒き瞳の主は静に低く――「まゆみ」。

純子はつと進みより二人の小さな手を双手に砕けよとばかりに握った。

「まゆみさん、章一さん、きっときっと直ぐ貴方達のお傍に私は又まいります。待って下さい、駅の方に守られて――」

こう言うや純子はつと車を降りた。降り様とする刹那――後で高く「小母様！」と名残を惜しむような章一の声、はっとして振り向けば、その純子を追う如き弟の身を制しつつ、じっと去りゆく純子を見送っていた、まゆみのあの双の瞳にふと出会った純子は、何故かこう胸をひきしぼられるようであった。ああ何んという自分を魅くあの眼ざしの強さであろう。何故にかくまであの今日まで見知らざりしあの少女の瞳に私は魅かされるのか――純子自身も恐ろしく不思議だった。駅員の方に目礼して純子は心もせくまま、車から降り立つや駅前でタクシーに代々木の辻男爵家へといそがせた。荷物のない身は省線でも事足る身を。気もそぞろな彼女は、もうじっとしていられないのである、自動車に身をゆられつつも、彼女の胸に浮かぶのは、あの黒く冷き瞳だった。そして瞳の主とその弟の為に彼女が為したい事の願いを祈りつつ、辻邸へ車の著くのを一秒も早くと、もどかしく急ぐのだった。

薄雪ふる日

くれがたのゆき
めにあおじろく
こころにかなし
このおもいたれにかつげむ
ひとりいの
まことさびしや

花崗石《みかげいし》の古《ふ》りし門柱を蔦は埋《うず》めて、今は冬ゆえ葉は落ち去ってただ細い糸枝《いとえだ》のみからむ其の門こそ辻邸の奥深い家のたたずまいを示すものだった。

そこに止まった車から心もそらに降り立った純子は急いで植込をくぐり内玄関へと入った。

「まあ蔦村様、お帰り遊《あそば》せ、綾《あや》様がお待ち兼ねでございました。時間をお知らせ戴ければお迎えを差出しましたのに」

こう言って彼女を迎えたのは同邸に永く仕へる老女の槇乃《まきの》だった。

「只今――あの奥様は？」

純子は気もいそいそとした風《ふう》で落ちつかなかった。

「はあ、お奥では皆おいでてでございます」

「そう――」

彼女は廊下を奥へと急いだ。

後園《こうえん》に面した一室、廻り縁《えん》をひろく取った日本間の十畳の座敷の次の間の襖の前に純子は立ち止まり、

「蔦村でございます」

と声をかけた。

「あら、お帰りですの、お入りなさい」

中から親しげに打ちとけて呼ぶ男爵未亡人由紀子《ゆきこ》の声がした。

「ごめん下さいませ」

純子は襖を開けた。その向うの座敷に丸胴の桐の火鉢を抱えて紫檀《したん》の飾棚の小机で何か古い文反古《ふみほご》らしいものを整理していた由紀子は入って来た純子へ笑顔を振り向けた、深窓に人と成っておっとりとそのまま年齢経《へ》た女性らしく、上品な温雅な夫人だった。

「さあ、こちらへ――沼津ではお父様もお変りなかったの」

「はい、お陰で丈夫で相変らず元気でございました、どうぞよろしくと申して居りました。」

「ありがとう、やはり軍人だった方はお年齢を召してもお丈夫でちがいますね」

由紀子夫人のおっとりとした言葉の応答の中《うち》にも純子は早く告げたくてならない事があるのでそわそわして居た。

「あの奥様、実は私が今日沼津からこちらへ参ります汽車の途中で大変な事が出来上ったのでございます」

純子が思いきって口早に言い出すと、

「まあ、何んですの、大変なこととは――」

なかなかおっとりした夫人ながら、さすが眼を張った。

「はい――それは……」

純子は此処で、かの列車中の二人の少年少女とそして彼等の母の死を告げ物語った。

純子の長い物語を驚ろきと同情の中に静に聴入って居た夫人は、

「まあ――ほんとに世の中って恐ろしいめにあう方もあるのねえ、そのお子さん方はどんなに悲しい思いでしょう、そしてその子供さん達はこれからどうなさるのでしょうねえ」

と思いやり深い眼を仄にうるませて吐息をさえつかれたのである。

ここぞと――純子はひときわ声を強めて、

「それで、奥様、駅の方の仰しゃるのでは、外の身寄りもなければ、当分警察の方でも保護して置いて孤児院にやるより仕方があるまいってお話なのでございますよ――」

「まあ、孤児院に――」

孤児院――それはあまりに冷たい感じの悲しすぎる言葉のようであった。

その時廊下に足音がして槇乃が顔を出した。

「あの雪がちらほら降ってまいりました、お縁に戸を引かせましょうか」

と彼女は閾《しきい》ぎわに手をつかえて伺う。

「え、雪――そう」

と夫人も純子も縁の硝子戸《がらすど》越しに庭を見ると、黄ろい《きい》敷松葉《しきまつば》に覆われた日本風の庭の上にちらちらと淡い雪の片々《へんぺん》が落ちて来ていた。そしてその庭を中に囲んで鍵手型に向うに突き出して見える新築の洋館の窓にはもう灯《ひ》がついていた。その灯《あかり》の部屋部屋は、父の亡き後早くも十九歳で若い男爵を継いだ当主の珠彦《たまひこ》と妹君の十五歳の綾子の勉強部屋でありその居室となっているのである。あの美しい暖かそうな窓の灯の下に幸福に勉強したり遊んだりしている我子の兄妹を思うにつけ、今家庭教師の純子の物語った二人の幸福な姉弟は孤児院に入れられると云う――そして此の薄雪ふり出した冬の黄昏《たそがれ》を母の遺骸を守って情なく一夜を泣き明すのであろうよ——こう思うと夫人のまぶたはいつしか熱くなるのだった、——それとほとんど同じように純子も黄昏かけて降り出した雪の宵に、あの娘と弟がどうして居るかと偲《しの》ばれて、堪え得ぬ気持ちになっていた。駅で別れる刹那、「小母様！」と名残を惜しむように自分を呼んだあの可愛ゆい少年章一のいたいけな俤が今更に思い出される。そしてその傍に悲痛をこらえてじいと立った「まゆみ」と云う少女のあの黒い瞳も胸を射るようである。

ああ、ただ行きずりの旅人同志としてあの子達をそのまま振りすてる事がどうして出来ようぞ。マリア様は今日あの子二人の前に特に自分を立《たた》せて「汝の最善を尽せよ」と命ぜられたのではないか——

「あの、奥様、それで私——あまり出すぎた事を考えた様でございますが、もしもあの子達をこのお邸の私の戴いて居ります、あの御邸内の住居にでも引き取って世話をしてやれますなら、その不幸を見た私もどうやら気がすむのでございますが、いかがでございましょうか、ともかく、あのまま見すてる事がもう私には出来なくなってしまいましたので——そのお願いを申し上げ度いと私慌ててこちらへ帰ってまいりましたので……」

純子の顔には動かす事の出来ない決心の色さえ浮かんだ、もし夫人が反対するなら、いっそのこと、二人の姉弟の手を引いて、此のゆきの夕ぐれをそのまま立ち出でぬばかりの、様子でもあった。

「——蔦村さん、御もっともです、私もそうしてあげたい気持がしました。貴女が責任もってお世話してあげる御決心なら私はこの邸の中で叶うだけのことはしてあげていいとおもいました。ほんとに父親を亡した後で女親一人手でそうした子を、二人抱えて旅さきでなくなってしまったそのお母さんの魂のためにも——私人事《ひとごと》とは思えませんよ」

なに不自由なく物質的には恵まれている此の辻家の未亡人の身も、やはり父亡き後の二人の子を母一人の手で育てる上には、ひそかに人知れぬ苦労を負う身のゆえであったろう。それゆえに此の気性の立ちまさって居る家庭教師の純子を深くも信頼し何かと頼りにもして居るのだった。

「ありがとう存じます。そう仰しゃって戴きまして私も嬉しゅうございます。その子達もどんなに仕合せでございましょう」

純子は嬉しく又ほっと安心して思わずお辞儀をしてしまった。

「貴女が乗り合せていらして、その子達もほんとに仕合せというものでしたね」

夫人も純子がその子達と乗り合せていたればこそ、こうして深くも考えて貰えるのだと思った。

「では、お許しを得まして私こちらへ引き取らせて戴きましょう。もう申し上げるまでもなく、私はその子達を天から授《さず》かった自分の小さい妹や弟だと思ってよく世話してやります、ただこのお邸でお力を助けて戴きまして……」

「ええ、結構ですとも、――でも一寸ね、蔦村さん、その前にあの珠彦の耳に入れておきましょう、あの子は若くてもまあこの邸の主人なのですから――」

夫人はこう言われた、自分の子供ながら男爵となり、辻家の主《あるじ》になっている珠彦を其の点で決してないがしろに扱わなかった。これは外の奉公人に対しても又面倒な親戚づき合いの上でもいつもそうだったから――夫人は鈴《ベル》を押して老女の槇乃を呼び、

「珠彦を一寸こちらへ呼んで下さい」

槇乃はかしこまって去り、間なく、

「母様、何か御話ですか」

と快活な声がして、若き十九歳の男爵珠彦が学校の金釦《きんぼたん》の制服のまま現れた。貴族的に気品のある美しい青年だけに、何処か自我の強い冷たさが、その蒼白いほどの面とギリシャ型の鼻の高い眉のせまった辺に漂よって、一寸人の近づきづらい神経質らしい型《タイプ》だった。けれども其の態度や声音は若々しく快活だった。

彼は窮屈そうに母夫人の前にズボンの足を折って据《すわ》り、純子は一寸目礼した。

「実はね、貴方に相談しなければならない事が出来て――」

と夫人は純子から知らされた話を、かいつまんで告げて、そして今その二人の孤児を邸内に引き取り度い希望を告げて同意を求めるのだった。

「あ、そう」

珠彦はうなずいた。

「母様と蔦村さんがいい事なら、僕は別にそれにかまう事はないんですが――しかし、その何処の誰だかまだよく身許のわからないような子供達を一時の同情から可愛想だと引き取ってから、あとでその子達が困ったいやな子でも我慢出来ますか？　いったん引き取ってしまったら其の後途中でいやになったからって往来へ放り出すわけには行かないじゃありませんか、犬や猫の子とちがうんですし――」

珠彦は冷然と――ややそう思われるような調子で言った。そして母の言葉に向かって直ぐ賛成とも不賛成とも言わない。

「珠彦様、左様でございます、いったん引き取りました上は、私自身その子の責任を持つつもりでございます、又あまりその子達の為にこちらへ御迷惑をおかけ致します様な事柄が出来上りましたら、私がその子達を連れて此のお邸を立ち退きましても――一度救うつもりで――いいえ救うのではない私が天から授かった小さい姉弟だと思って世話をしました上は、どこまでもその子達さえ承知なら一生でも世話をやいてあげる決心で居ります」

純子は或はそこまでは何もさっき決心したのではなかったかも知れない、けれども今珠彦からそう言われると、その時そう強く決心してでも彼の姉弟を救ってしまい度くなったのであろう——珠彦の貴公子風なしかし年齢にはませた態度や考え方からして——何分彼女は勝気らしく負け好かずになってしまったのである。

「蔦村さんも、そんなに思っていらっしゃるのなら、どう、珠彦さん、まずこちらへ引き取ってあげて、外の身寄りがない子なら、それで又行く末独立出来る人にしてやってもいいでしょう、お亡なりになったお父様も、そんな風でよく書生達を養なって面倒を見ていらっしたのですから——」

母夫人も我子ながらすでに主人格についた珠彦の前では遠慮勝《がち》だった。

「え、むろん僕は善い人助けをする事は賛成ですが、ただざっき申した点を心配したんですが、蔦村さんがそうまで責任を持ってなさり度いのだし、又母様も御望みなら、そうなすったらよろしいでしょう、僕かまいません」

「そう、では蔦村さんがその子をお世話なさることにいたしましょう、丁度よいでしょう、綾子もお兄様一人きりの子ですし、そのまゆみさんですか——その女の子が邸へ来れば又よい勉強相手になるでしょうねえ」

夫人のそう言われる言葉に珠彦はふいと眉をひそめた。

「母様、それはいけません、その孤児の女の子をよくも見ないうちから、綾子に近づけてはいけないでしょう、邸で世話してやることまではかまいませんが、直ぐに綾子の相手にしていいかどうか、暫くその女の子を見た上でなければ、いけないと僕は思いますよ」

此の貴公子はなかなか神経質で母の言葉を横切って注意した。

「そうそう、ほんとうにそうですね、まあ、それはその姉弟が邸へ来てからの上できめましょう」

夫人は直ぐ我子の注意に服した。

純子は黙って居たが心中ひそかに――なかなかこの若い男爵《バロン》は年齢の割にませたおなまを仰しゃるわ――と一寸おかしくも又憎らしいような気持もした、あまりに貴族風で冷たい感じを受けたからである……。

「では私これから又駅へその子を迎えに行ってまいりましょう、必らず迎えに行くと約束したのですもの。どんなにその子達も待って居りましょうし――」

と純子は直ぐにも立ち上りそうな気配を示した、すると又も珠彦が冷たく落ち著きはらって言葉を入れ注意した。

「その孤児を引き取って来るにしても駅の方にも警察にも相当の手続きが必要でしょうし又面倒の事があると蔦村さんお一人では困るでしょうから、香取《かとり》をつれてお出かけになったがいいですよ」

香取とは忠実な執事の老人である。

「はい、では香取さんに御一緒に行って戴きましょう」

純子はこう言って一礼して立ち上ろうとすると、それより早く珠彦は「では母様、お話はこれできましたね、僕今夜いそがしい学課の勉強があるから——」と、さっさと廊下のあちらへ足早に去った。その後姿を頼もし気に見送った夫人は微笑んで、

「蔦村さん、あの子もお父様が早くないせいか——年齢の割にしっかりして居りますでしょう」

とやや自慢らしく——

「ほんとに——」

純子は一寸眼を伏せた。そして香取老人を呼びに出た、その邸の窓外に薄雪は降りしきる——もしこれが自分一人で眺めるのなら、どんなにさびしい風景か——でも今夜からか、明日からか、ともあれもう自分は一人でなく、二人の少女と少年を身近く守る身となったのだ、しっかりしなくては——純子はわれと我心をはげまして、とのものあおじろい雪びらを見た。

「先生、お帰り遊せ、私ピアノのお稽古だったので——今槙乃から聞いて先生を探していましたの——」

こういう朗らかな乙女らしい声をかけて、その時純子の前に現れた十四五の少女がある、断髪のふっさりとして首筋に揃って、それで友禅縮緬《ゆうぜんちりめん》の袂《たもと》の長い着物とお羽織を着

ている――しかしその物腰恰好からもそれは学校では洋装で、お家の中でだけ、もしかするとお母様達の趣味でこんな日本のだらりとしたお人形めいたよそおいをさせられるのであろう。

「あら、綾子様、只今帰りました、お知らせに上ろうと思いましたが、それどころでなく一寸俄《にわか》にお母様に申し上げる御用が出来ましたので……」

教え児《ご》の綾子に会うひまもなく慌てて居た純子であった。

「そう、私ずいぶんお帰りをお待ちして居りましたのよ、あの――お約束のフリジアの花は？」

綾子は尋ねた。

「ホホホホ、綾子様は私の帰りをお待ちなすったのではなく、あのフリジアの花をお待ち遊したのでしょう――」

純子は笑った。

「あら、意地悪な先生、ホホホホ私フリジアも先生も両方心からお待ちしていましたの」

綾子も無邪気な笑いをもらした、長い袂を振って先生をうたぬばかりに姉様に対するよう心から打ちとけて……

「ところが綾子様、そのフリジアの花は或る不幸な少女の丁度綾子様位のよそのお嬢さんの亡なったお母様にささげてしまいましたの、ごめん遊ばせ、あれほど沼津の父の温室から必ず持って上るとお約束の花でしたのに――あんまりお気の毒だったのでつい――でも今度こそ外の花をたくさん父に頼んで温室から切ってまいりますから……」

「何に、そのよそのお嬢さんの亡なったお母さんで――」

「それについては是非綾子様のお耳に入れておかねばなりませんの、さき程もお母様や珠彦様には申しあげましたが――綾子様二人の孤児の姉弟がたぶん此のお邸へ引き取られてまいることになりましょう、それは――」

純子は手短かに今日の出来事と、その二人の姉弟を由紀子夫人に願って引き取る始末を物語った。

「まあ――そう、ほんとうにお可哀想ね――ではかまいませんわ、あのフリジアのお花はその方のお気毒なお母様に差し上げたのですもの――お花がお役に立って何よりねえ――綾子それならお花が戴けなくても我慢しますの――」

綾子は泪さえ浮かべてまゆみの上に同情した。

「ほんとうにそう仰しゃるので私も安心いたしました」

「ねえ、先生、そのまゆみさんて方がここへいらしたら私と同じ年齢頃の方ですもの、私のよいお友達になれて賑やかでいいのねえ」

早くも未だ見知らぬよその少女の妹が邸へ来ることを一人の新しい友達を得たかの如

く喜こぶ綾子の様子にふと純子は胸打たれたが――さっきの珠彦が「まだ邸へ来て、よく人物を見た上でなくては、うっかり綾子に近づけられぬ」と注意した一言を思い出すと眉のあたりが自ずと曇った。

「ええ、ぜひそうよいお友達にあの子がなれるように思って居りますけれど……」

と純子は言葉をにごらせた。

「蔦村さん、御母堂様からの御話で何か私がお供して駅へまいりますそうで……」

と香取老人がいつもながらの鹿爪《しかつめ》らしい紋付羽織袴でやって来た。

「ほんとうにお世話でございますが、ではこれから一寸駅まで行って戴きますので――」

純子は「綾子様、では後ほど――ごめん遊ばせ」と一礼して老人と連れ立って外出の仕度に取りかかった。

孔雀

「お母様、一寸御覧遊せ、こんなへんな事が夕刊に出て居ますわ」

利栄子《りえこ》は赤々と火のもゆるストーブの前で読みさしの新聞をこう言いつつ母の前に出した。

「えっ、何かい？」

でっぷりと肥《こ》えて脊丈《せたけ》は低いが横には広い円顔《まるがお》の見るからにお金に縁のある福相《ふくそう》の母親が黄金やダイヤや三つほどはめ込んだ指輪の光る手で其の新聞紙を受けとって読み出した。その新聞にはこんな記事の乗っているのだった。

哀れな姉弟
東海道の列車中母は頓死《とんし》

昨夜冷たい雪の夜を東京駅頭で母の死に泣く姉弟があった。神戸から東京への途中、母ひさ子（三十四）は心臓麻痺で頓死、残されたのはまゆみ（十五）章一（十二）の可愛ゆい姉弟父司直行《ちち》はすでに昨年ハルピンにて死去、他に身寄なく哀れな光景に駅員警官も貰い泣き、折から当時列車中にて乗り合した代々木の男爵辻珠彦氏邸の家庭教師蔦村女史の尽力にて男爵母堂由紀子刀自《とじ》の深き同情を得て二人の孤児は同邸へ引き取られる事になったので、ひとまず彼等姉弟の上にも明るい救いの光はさした、警察にては尚ハルピン大連方面へ姉弟の身許照会中、死去したひさ子の遺骸は他に引取人が出るまで行路病者の死として仮埋葬に附された。

その記事を読み終わると、

「へえ、まあ、あの珠彦様もとんだもの、ず、き、なことを為《な》さるじゃないかい？　何んだってこんな氏素性《うじすじょう》のわからない行路病者の残した子など二人までお邸へお引き取りになって、いったいどうなさるおつもりかねえ――ほんとうに、やっぱりまだお若すぎるせいだよ」

とつぶやく、

「いいえ、お母様、そんなへんな事を珠彦様がなさったのではなくってよ、それは、そらお母様あすこに来て居る家庭教師ってクリスチャンの女の人が居るでしょう、蔦村さんね、その方とそして綾子様のお母様のお考えよ、新聞にだってちゃんとそう書いてあるじゃございませんの――」

「それはそうだけれど——何も家庭教師の言うことなんか、いちいちお取り上げにならないだって、いくらお若くても立派に今男爵を継いでいらっしゃる、いわば辻家の御主人の珠彦様が、いやだと仰しゃればそれまでの話じゃないかい、ねえ」

「でも——珠彦様はお母様の仰しゃることなら何んでも素直におききになる方ですもの——」

「そうかい、それは結構だね、お母さんの言うことを素直に聞く珠彦様のお爪の垢でも少し利栄ちゃんお前に呑ませてあげたいよ、そしたらすこしはお前も母さんの言うことを取り上げてくれるかも知れないものねえ……」

「まあ、いやな母様、私そんなに親不孝？」

と利栄子はつんとして拗《す》ねた。

娘に拗ねられると、直ぐひとたまりもなく閉口する甘い母親は慌てて、

「まあまあ、そう怒らないでもいいじゃないかい、戯談《じょうだん》ですよ」

と反対に娘の御機嫌をとらぬばかり。

「まあ、いいわ、軽い失言だから今度は許してあげるわ、でもお母様、珠彦様の前でそんなことを一言でも仰しゃったら最後、利栄子は断然母様を許しはしないわよ、よくって？」

と娘の威はなかなか強い、

「母様だって、娘に恥をかかせるようなことを辻様へ上って言いはしませんよ、御安心なさいよ、いつだってお前を引立てることばかりに苦心しているじゃありませんかね」

母親は言う――脇から見てもおかしなほど娘に甘い母さん振りである。

「ねえ、母様、私今度近い内、代々木のお邸へ上って見るわ、そしてその引き取られている孤児って子の顔を見たいわ、いやねえ、どんな汚ないなりをしていじけて貧乏臭くて貧弱なんでしょうね、何んだかそんな子をお邸へおいたりなすって汚ならしいわねえ、綾子様だってさぞおいやでしょうねえ――」

「そうねえ、でも口もおききにはならないでしょう、お前あんまり身分がちがいすぎるものねえ」

「私、今度の日曜日に伺って見るわ――」

こういう利栄子は麴町下六番町《こうじまちしもろくばんちょう》に棲む富豪の実業家国分壮平《こくぶそうへい》の娘利栄子である、いつも園《その》におごる孔雀《くじゃく》のように着飾って親の富と愛を身に負うて我儘《わがまま》いっぱいに権高《けんだか》なお嬢さんであった。その母親のお鉄《てつ》も我が娘は眼の中に入れても痛くないほど可愛いがるが、それはきわめて狭い我子だけへの愛情で外へは利己主義の多い婦人だった、又父親の壮平も一代で富を作っただけに根は教育もなく、ただむやみとお金儲に忙しい人だった。

お金が出来ると、人は今度名誉を求める心理で、国分家は辻男爵の先代と一寸した事業上の事から知り合う仲となったのを幸い、男爵家と交際するという肩身のひろい名誉を後生大事に思って、その子の利栄子も綾子と同じ聖マリア女学院なので、まずお友達として出入りさせ、又夫妻も辻邸へは足繁く行来《ゆきき》して一日一日その近づきと親しさを増す事を願いつつ誇っているのだった。

迷い鳥

まゆみ、章一の姉弟は辻邸へ引き取られた、——彼等の起き伏す場所は純子の居室として与えられている邸内の門側にならぶ執事家扶運転手達の住居となっているお長屋の一番端の小綺麗な新しい青塗《あおぬり》の質素な洋館だった、それは元先代男爵生存の頃、藩主として同藩内の歴史編纂所《へんさんじょ》として建築されたものでその編纂事務が終わった後は不用のまま空家となって居たのを今度純子が邸へ入ってから純子の希望でその空いていた洋館を借りて棲居として居たので——小さいと云っても三間ばかりの家に一人では寂しかろうと由紀子夫人が気づかわれたが、静かでよく勉強は出来るし、締りのよい邸内だから用心はよし、けっく気楽でよいと純子は喜こんで其の洋館の一間を綺麗に飾って棲んで居たのだった。

今まゆみ、章一二人を迎えて残りの二間もふさがった昨日までは一つの窓に純子ひとりの灯がついたのも、その宵から三つの小さい窓にも灯は光るようになった。

純子の部屋に隣した部屋はまゆみに与えられて一つの寝台と古い卓子《テーブル》と椅子が土蔵か

ら運び出された、章一の部屋は入口近くの一番小さい部屋だが――此処も少年の棲むにふさわしく調のえられた。

二人の少年少女は辻邸へ来るとまず第一にしなければならない事が有った、それは由紀子夫人とそして当主の珠彦、綾子の二人に初対面の御挨拶をする事だった。

二人は純子に連れられて邸へ行った、応接間に待たせて、純子は由紀子夫人をまず連れて入った。

「奥様――まゆみさんそして章一さんでございます」

と純子が少し改まって紹介すると夫人はいつも誰にも見せるやや世慣れた微笑を優しく浮かべて、

「そう、不思議な御縁でこちらへいらして貰うようになりましたね、貴方がたが外へ行き度い処の出来るまで自分の家と思って、呑気に純子さんのあのお棲居で勉強なさいよ」

可哀想な二人の孤児《みなしご》に出来るだけ、気づかいのない安心を与え様と夫人はいろいろ言葉を尽くした。

まゆみと二人は黙ってお辞儀をした、けれどもまゆみはけっして夫人を恐れたり怯《お》じたりしたのでなく、ただ何か俄に人の家の食客《いそうろう》になる身に少し悲しい気持で、しっかりした気性に似合ず外に出す言葉の無い様子だった、章一の方はもうただ、始めて見るよその小母さんにものを言われ、見慣れぬ人の邸の中へ連れて来られて、どうしていいかわからず、姉の傍へぴったりと寄り添うて可愛ゆい眼ばかり――さすがに相当の育ちを忍ばせて、まともに夫人の方を見つめて若い小さい王子様のようだった。

「蔦村さん、上品なお子さん達ね――」

夫人は小さい声で純子に囁やいた、夫人もこんな育ちのよさそうな気品のある子とは夢にも思われなかったので、まったく思いがけない様子だった、純子はそう言われるともう嬉しくてしょうがなかった、自分のことを誉められた以上なのである。

「ええ、ですから、私なおの事気毒であのままに出来ませんでしたので、こんな御無理をお願いいたしたのでございます」

純子はまず夫人の気にも入り二人の小さい人が感服されたのでほっとした様子だった。

「あの珠彦や綾子にも会わせましょう」

夫人はこう言って呼鈴を押して、珠彦兄妹を呼ばせた。

間もなく扉《ドア》は開き、兄妹は現れた。

珠彦は少し冷たい態度で母の傍に立ち二人の我家に引き取られた孤児をちらと見やった、綾子は母に似た優しい微笑を浮かべて新来《しんらい》のお客様らしく二人を見た、そしてことに彼女の仇気《あどけ》ない視線は、まゆみの上に集まった、まゆみは少し自分より年齢下らしいけれども、同じ少女の時期の此の綾子に見つめられて、その微笑に答うる術も知らぬげに、権高な表情で取り澄していた、章一は珠彦の冷たさに引き代え、綾子の姉様らしい柔らかな眼ざしに、安心したようににこにこしてお辞儀をした。

「まあ、母様、可愛いい坊ちゃんね」

綾子は母に呼びかけた、自分の家に引き取られた行き倒れ同様の母を持っていた哀れな孤児に坊ちゃんと呼ぶ名を冠《かぶ》せるほど綾子は始から打ち解けていた。

綾子が自分達を少しも侮《あな》どって居ないということが、はっきり分ったと見えてまゆみはやや心を打ち開いた親しみの眼を改めて綾子に見せた——こうして少女達の心理を純子は傍でよく判断した、

「君、来給《きたま》え！」

突然珠彦の声がした、それは章一に向けられて——彼がようやく二人の孤児へ親しい言葉をかけた最初のものである、でも其の声はやはり絶対の権威を握る主権者の命令に似た声音そのものだった。

今日までほんとに見た事もない、若い男爵にこう呼ばれても章一はただはにかむ様に又恐ろしい様に姉のまゆみの傍にしがみついて行こうとはしなかった。

「来いと言ったら来給えよ」

重ねて珠彦の声は前よりぐっと手きびしかった——それには此の邸で若い主として母さえ一歩ゆずって、その命令は邸中に守られている自分の言葉に従わぬ少年に苛立つ感

じが含まれてさえ居た様だった。

そのきつい声を聞いた時、章一よりもまゆみが、きっとした眼になった、その眼にはあの冷たい黒耀石の光と共に——反抗の色がありありと浮かんで居た、もう一度珠彦が何か命令的なものを言ったら彼女はいきなり弟の手を引き立てて颯《さつ》と応接間を出てしまうかとさえ思われた。

「章ちゃんいらっしゃいな」

純子は心配して章一を招いた、純子にはもう安心し切って馴染んで居るので、章一は直ぐ行った、その章一の手を引いて珠彦の前へ連れて行き、

「童話の中の王子のようでございましょう」純子は笑った。

「うん——でも男の子はもっと快活な方がいいなあ——ねえ、君、僕の家へ来たらもっとはきはきして男の子らしくし給えよ、そしてよく勉強して早く役に立つ人間になるんだな」

珠彦は章一がすぐ自分の傍へ来なかった腹立しさからも、こんな事を言った、でもやはり美しい少年を愛らしく思って好意を抱いたらしかった。

その珠彦の言葉を注意深く耳にとめていた、まゆみの瞳はいよいよ冷たく、ただ反抗の色はまさって行くかの如く——

「汽車の中の悲しい出来事でまだ疲れて居ましょうから、純子さんよく今夜は二人を休

ませてあげて下さいね——そして又邸へ遊びに来るように——」

夫人はこう言って初対面の紹介がひとまずすみ、二人の孤児の様子も見届けたので立ち上るのである。

「では——そういたします、いずれ又——」

純子は二人を伴なって応接間を出て、自分の小さい棲居へ連れ帰った。

「母様、あの二人たいへん品のいいひとたちですわ」

綾子はすぐ母に言った、

「そうですよ、たぶんあの子達の亡なった御両親は相当の方だったでしょう、可哀想に——」

夫人もこう言う、

「お兄様、あの姉さんの方のひと——どうお思いになって、頭のいいはっきりした方らしいでしょう——」

綾子もなかなか人物評をした。

「うん、弟の方は女の子みたいに優しいが——姉の方は少し少女らしくないほど強情らしいねえ——」

珠彦は批評した。

「でも、それだけ正直ないい方でしょう、ああいう方、学校では成績がよくって勉強家になりますわ、――私のお友達にして戴いて邸の中で遊んでいいでしょう――」

綾子は母と兄とに向かって尋ねるらしかった。

「そう、ね、品もいいし、年齢もそうちがわないし、綾さんのお友達にいいと思うけれども――珠彦さんどう？」

何事も父なき後の当主の珠彦に夫人はまず同意を求める習慣だった。

「別にかまわないでしょう――もう人物も見ましたから、しかしあんな強情な高慢じみた女の子はよほど気をつけてやらないと、何をするかわかりませんね、綾子の事なぞ頭から馬鹿にしてかかりそうじゃないですか」

「ホホホホホ、そんな心配もないでしょう、何しろ純子さんがしっかり責任をもっていろいろ教えてあげるでしょうし――」

夫人は笑った。そして更に言葉をついで――

「何んと言っても、巣を離れて親鳥をなくした小さい迷い鳥が二羽、この邸へ迷い込んで来たようなものですから、貴方がたも可哀想に思って出来るだけ親切にしておあげなさいよ、亡なった貴方がたのお父様は、どんな方にでもよく親切にお世話なさるのがお好きだったのですからね」

「ああ、ほんとうに迷い鳥ですわ、母様も時には詩的なこと仰しゃるのね――そうそう、あの弟の方はまるで可愛いい紅雀《べにすずめ》みたいですわ――」

綾子は言うと——珠彦も笑い出して
「そして、姉さんの方は少しきつくて、ほととぎすぐらいかな」
「ホホホホホ、今に二人とも貴方がたの仲よしのお馴染みになると、皆可愛いい紅雀になりますよ」
夫人はこう言って微笑まれた。

雛の宴

聖マリア女学院で同じ級で学ぶ国分利栄子に或る日——それは三学期も末近い二月の終り頃、綾子は言った。

「利栄子さん、今年のおひな様にお遊びにいらっしゃって下さらない——去年はお宅へ私お招きされましたわね、今年はうちへ——いかが？」

「ええ、伺いますわ、お正月以来伺わなかったんですもの——」

利栄子は辻家へ招かれたのを楽しんで居るらしかった。

「そうそう、お宅と言えばいつかお正月すぎ、新聞に出て居りましたわね、お宅のあの蔦村さん——あの家庭教師の方が汽車の中とかで孤児をおひろいになってお邸へお連れしたんですって——」

「え、そうですの、たいへん上品な姉弟でございますわ、姉さんの方はまゆみさんて言いますの、ハルピンに居たひとで、フレンチは私なんぞよりずっと上手——もしかしたら来学期——三年級にね、私と同じ此処へ入学させて戴けるかもわかりませんの」

綾子の此の言葉に「えっ」と富士山が一夜でくずれたほど驚ろいたのは利栄子であった。

「まあ！　何んでございますって？　その孤児の女の子が私達と同じ此の学校へまいりますの――まあ、なぜそんな失礼なことをおさせになりますの、お宅では」

そういう彼女の心持は行き倒れの母を持った何処の何者の子かもわからぬ娘が学校もあろうに、貴族的な富んだ立派な家庭の子ばかり入学するので有名な此の女学校へ、しかも引き取られた邸の令嬢と一緒の学校に入るとは何んという無礼な話かしらと不思議でならないらしかった。

「失礼――何も失礼じゃございませんわ、ただいっそ私と同じ学校の方が勉強仕合うにも都合がいいからって、蔦村先生も母様もそう仰しゃるのですもの――」

綾子も利栄子の言う失礼の意味がわかり兼ねるのだった。

「うちの母様なら、そんな無茶なこと決してさせは致しませんわ」

利栄子は不服らしく言った。それは確《たしか》にそうであろう、利栄子の母親なぞ見知らぬ他人の子供を引き取るなぞいう余《よ》けいな事をする筈はないゆえ――

三月三日になった――

利栄子は午後自動車で辻家へ乗りつけ美々《びび》しく着飾って入った。その日はおひな様の祭ゆえ、お客の利栄子も迎えた綾子もきもの姿で帯も袖も紅《くれな》いに紫に日本風な美しさを見せていた、殊《こと》に利栄子は二カラットもあるダイヤの指輪を光らして得意なお姫様振りを発揮した。

由紀子夫人が若きお輿入《こしい》れの日の荷の中に持参したという古風な典雅な雛《ひな》も飾られて綾子が誕生の初節句《はつぜっく》の頃からのお雛様がお座敷一面の赤い雛壇に飾られて雪洞《ぼんぼり》の灯が美しかった。

「利栄子様いらっしゃいまし」

純子も接待に出た、

「まゆみさんもお招きしましょうね、うちのひとですもの――」

綾子は言った。

「ええ、もう見えますわ、それから今日は綾子様が御主人役で、お母様も珠彦様も――利栄子様も――まゆみさんも章一さんも私も皆お客様でございますから、御主人役はよっぽどしっかり遊さぬといけませんよ」

と純子は笑った。

「そう、たいへんね、先生お手伝いしてくださるでしょう」

と綾子は純子を頼みにして大いに小さい主人役になるつもりだった。

「それにお兄様は我儘を仰しゃるのよ、いつもの様、朱塗のお膳でおひな様の前に据ってお白酒《しろざけ》を戴くのは窮屈で真平《まっぴら》だ、やはり食堂の椅子でフランス料理に限るなんて――

でも食堂にはいたしましたのよ」

綾子は我儘な兄の注文を利栄子に告げた。

「今まゆみさんを呼んで、利栄子様にもお引き合せ致しましょうね」

純子が立って行った、——利栄子は心中《しんちゅう》ひそかに考えた、私に紹介するなんて身分を対等だと思ってるわ、失敬な——けれども多少の好奇心がまゆみという女の子に持てぬでもなかった、でもそんな子に会ったって何が光栄だろう、向うは大きに光栄かも知れないけれど……第一そのまゆみという少女はどんなみすぼらしい子だろう、母と、弟と三人で落ちぶれ果ててハルピンから東京へ、その汽車の中で母親が心臓麻痺で倒れたなんてお医者もろくにかかれなかったほどの貧乏だったのだもの——どんなにいじけてみっともない女の子か知れない、それが平気で私と同じ邸に雛の宴《えん》の客になったりして、ほんとに身のほど知らずな——蔦村という家庭教師のオールドミスの方もたいていにならればいいのに——利栄子はこう考えていやな気持ちを抱いていた、そこへ——廊下に軽い足音がした、

「さあ、まゆみさんお入りなさい、綾子様の学校のお仲のよいお友達がお見えになっていらっしゃるのよ」

純子がうながしている。

「まゆみさんいらっしゃいな」

こういう綾子の声も馴々しく、もう対等のお友達扱いをしているらしい、――いいわ――私だけは断然見下げてやるから――こう独《ひとり》で力んでしまった。そこへ――まゆみは入ってきた、彼女は其の日特に純子の注意で、あの母に別れた後の唯一の財産とも言う大小二つのスーツケースの中から選らび出された一番はでなサンデードレスのクレップデシンの深い深紅で腰をゴッテ風に波打たせた服を着て支那産の淡黄《うすき》な琥珀の玉を連ねた首飾《ネックレース》――それもだらりと胸のあたりまでさげたのでなく蒼白い首のまわりだけ一巻まいたのである、新しい絹靴下にすっきりと細い足を見せて純子の後に従った其の姿――頬紅は一切用いず小麦色《ブルーネット》の顔色にあの凛々しい眼とそして唇に少しつけた口紅だけが、特に雛の宴の身の飾りであったので――そのまゆみが入って来た瞬間、利栄子は心で「あっ」と驚ろきたじろいた、今が今までどうせろくでもない、変にいじけた小憎らしい見るからに貧乏くさい少女が入って来るものとのみ想像して居たのに――その想像があまりに見事に裏切られてしまったから――利栄子の誇りは少し傷つけられたようにたじたじとなった、でもあくまで孔雀のように心たかぶって勝気な彼女は此のまゆみになぞ一歩も譲るまいとますます決心した。

「今日は貴女もお客様なの、さあどうぞこちらへ」

綾子は主人役らしく甲斐《かいがい》甲斐しく彼女に美しく座蒲団をすすめた。

「ありがとうございます」

とまゆみは、もう此のひと月ふた月優しい綾子の扱かいに心ほだされて馴れたので、心からお礼をのべて坐った。

「この方が司まゆみさんなの――」

利栄子にまず紹介した。それは目上の人に先に紹介する礼儀から綾子がしたのであろう。

「まゆみさん、こちらは国分利栄子さん、私と学校も同じでいらっしゃるの」

まゆみはそう言われて手をついてお辞儀をした、利栄子は一寸軽く頭をさげたきり大いにつんとしてしまって、でも口先だけは「どうぞよろしく」と言いながら、じろりとまゆみの方を見やった。

「姉さん、どこ？」

こういう男の子の声が廊下にした。

「あら、章ちゃんですね、姉さんが居ないと直ぐ寂しがって……」

純子は襖を開けた、章一が立っている。

「お客様が又ふえたわ、はやくいらっしゃい」

章一は一寸はにかみながら入って来た、汽車の中でも着ていた古びた黒のびろうどの服装で愛らしい姿――

「この子がまゆみさんの弟よ」

綾子が可愛ゆ気に章一の頭を撫でて利栄子に教えた。

「そう」

と、利栄子はあくまで冷然として居た、何となくお座敷の中が白《しら》けた。

「ああ、綺麗ね、お雛様たくさんで――」

章一は美しい雛壇を見て心から讃歎の声を張り上げた。――まあ、いやらしい、此の子達はきっと生れて始めてこんなお雛様を見たのだわ――、利栄子はこう思ってさげすんだ。

「お雛様って――女の子のお祭りでしょう、男の子のお祭りは五月のお節句ですね、先生」

章一は純子をもう小母様と言わず先生と呼ぶのだった。

「ええ、そうですよ、だから男の子の章ちゃんは今日お客様におよばれしたのですよ」

純子が言うと、章一ははずかしそうに、

「僕、お客様なの、おかしいな」

と姉のまゆみの背中に顔をかくす様にした、そこへ小間使いが来て、「食堂のお仕度《したく》が出来ました」と告げた。

「じゃあ、あちらへ参りましょう」

綾子が言って皆一同立上った。

「章ちゃん、手を洗ってまいりましょう」

　まゆみは弟にこう言って、彼等姉弟がハルピンでの家庭生活に西洋風な食前に手を洗う習慣に育てられたので、まゆみはそれを忘れがちの弟に気をつけて廊下を先に洗面所の方へ行った、その後姿を見送りながら綾子が、

「ねえ、利栄子さん、あの男の子ほんとに可愛いでしょう」

　と言うと、

「え、そうね、あの子お邸で育てて大きくなったらお宅の自動車の運転手になさるといいわ、運転手は綺麗な青年の方が感じがいいんですものホホホホ」

　利栄子は甲高い声でこう言って笑った、その声は数歩離れてゆくまゆみの鋭い耳に直ぐひびいた、彼女はきっとなって後を振り返り利栄子を見返った、黒い瞳がもゆる様に矢の如く利栄子を射る如く……

「いいえ、あの子は絵が好きなんですもの——大きくなったら画家になるといいと思っていますわ、あんなに小さくても林檎や花の写生がそれは上手なんですの、お兄様もほめていらっしゃいますの」

　綾子は利栄子のあざけりの言葉に反対した、食堂はいつもより明るく灯ともされて花で飾られてあった、いつもは由紀子夫人珠彦兄妹のみの寂しい食卓も、その宵は利栄子と純子、そしてまゆみ姉弟も連なるので賑やかだった。

「よくいらっしゃいました」

由紀子夫人はもう食堂に出ていられて利栄子を迎えた。

「僕はおなかが空いて待っていたんだよ」

珠彦は待ちかねたらしく食堂の椅子を占めて居た、利栄子は珠彦の前ににこやかにしなをつくって挨拶した、綾子が主人役の席で利栄子が主賓で上席、夫人と珠彦が左右で次が純子の席で二つの椅子がまゆみ姉弟の末席に取られた、けれどもまだあの二人は手を洗いに行ったまま姿を現わさなかった。

「利栄子さん、宅も賑やかになりましたの、あの姉弟二人が蔦村さんのところで勉強しているものですから、なかなかいい子でしょう」

夫人はまゆみ等の噂をした、

「でも、あの弟の方は少しいいけれど、姉の方はずいぶんきついへんな顔でございますのね」

利栄子の人物批評は顔のよしあしで一言で終った、

「しかし、眼は珍らしく神秘なほどいい眼じゃないですか」

珠彦が此の時言った。

「そうでございますか、いつでも人を睨らめているような恐ろしい眼でございますわ」

利栄子はまったくまゆみの眼が恐ろしかったのかも知れない、

「それに頭のいい子ですから、特別美しくなくってもその方で頼もしいと思います」

これは純子の言葉であった、そこへ——姉弟が入ってきたので彼等の批評はぴったりやめられた。

「これはたいへん、御馳走だな」

珠彦は運ばれるお皿に向った、皆もお白酒の杯を於《お》いて箸やホークや洋風日本料理様々をまぜた御こんだての当夜の御馳走を受けた、綾子や利栄子達は様々の話の賑やかにした、でもまゆみはほとんど言葉なく黙って箸を取った、章一は華やかな食卓の客になったのが嬉しげにしていた、

「今夜はゆっくりと遊んでいらっしゃいまし、お宅までお送りいたしますから」

夫人が食卓が終ってから利栄子に言った。

「珈琲《コーヒー》はあちらに致しましょう」

綾子は次の広間へ入った、その部屋の壁に大きなピアノが据えつけてあった、

「今夜は僕達お客様じゃないか、主人役はひとつピアノでもひいて歌ったりしておもてなしするといいなあ」

珠彦が安楽椅子に脊をもたせてまず注文した。

「そうそう、どう、綾子さん日頃のお稽古を今夜お眼にかけては」

母夫人にもこう言われて綾子はうす赤くなって困ってしまったように純子をかえりみ

て、助けを乞うた。

「ねえ先生、だって——まだ人の前で弾くのははやすぎますわ、何にも出来ないんですもの——」

「ホホホ、でも私は綾子様にピアノはお教え致しませんから、何んとも申しかねます」と純子は笑った、ピアノの教師は専門の別の教師に綾子はついて居たのである。

「まあ、意地悪な先生——」

綾子が困って利栄子を見た。

「あら、利栄子さん、一つ何かお願いしますわ、そして私の役を助けて下さい」

利栄子も有名な音楽家について学んでいる筈だった、たいへん高い月謝を払うのだと、利栄子の母は辻家へ来て話した事もあった。

「ホホホ私なぞ綾子様の足許にも及ばないほど下手なのですもの——」

柄《がら》にもなく謙遜したと思ったら彼女はちらとまゆみの方を見やって、

「貴女仏蘭西語《フランスご》お上手なんでございますって、あのピアノはいかが遊すこと？」

言葉だけは大変叮寧だったが、その言葉の下にピアノが弾けるものなら弾いてごらんよ——と言う調子が含まれていた、どうせ行路病者の母の子の娘がどうしてピアノなぞ習う余裕があろう、外国語だけはハルピンなぞ言う都に居たせいで少しは口真似に覚えて居るかも知れないけれどピアノなどは人前で弾ける素養があろう筈がないわ——利栄子はこう軽くまゆみを軽蔑し切って居たから、わざとはずかしめ様とそう言い出したのである。

その時まゆみより先に章一が姉を見て甘える様に言い出した。

「お姉様、お歌いなさいね、だって母様がいつもお姉様の歌をほめていらっしったんだもの、ね、お姉様」

彼は姉に歌わせたくてたまらぬ様に、その膝をゆすぶった。

「まゆみさん、きかせて下さいな」

純子が「勇気を出して」と言わぬばかりにまゆみを見つめた、恐らく此のひろい世界の中で此の救いの恩人の言う事だけは、どんな事でもききいれる決心をしている様に、あの強情らしい冷たい少女のまゆみが、つと椅子を立ち上がり無言でピアノの前に蓋をはねた。

一同は思わずかたずを呑んで耳すました。

「曲は何なの？」

珠彦が尋ねた、その方は振り向ずピアノに向ったまままゆみは答えた。

「ピアノの曲と申すほどのものは私弾けませんの、ただ小さい歌を弾きながら歌わせて戴きます――ウィルヘルム・アレントの詩でございます、題は「わすれな草」――作曲は亡なった母がつくりましたの――」

まゆみの終わりの声はしめやかだった――亡き母が手に成りし作曲を今ぞ晴れの宴で手向《たむ》けの心に歌い出づると……

「あのね、まゆみさんのお母様は音楽の先生でいらしたのよ」

綾子は隣の利栄子に低く囁やいた。

「あらそう、じゃあ少し弾けたって当り前ね」

彼女はつんとした。

象牙の鍵盤は軽く鳴った、そしてまゆみの歌声は流れた――

ながれのきしのひともとは
みそらのいろのみずあさぎ
なみ、ことごとく、くちづけて
はた、ことごとく、わすれゆく。

かく歌いつつ弾くまゆみの顔はその時不思議にも日頃のあの冷たさは消え失せて、燃ゆる様な熱情を示して其の黒い瞳は忘れな草のひともとの露を帯びしか仄にうるんで……芸術の魅力のもたらす力はまゆみを神秘な美しさに化し終ったと見えた。

皆は耳を澄して聴入った、わけても珠彦は始めは安楽椅子にそりかえって居たのが、その歌声とピアノの音と進みゆくにつれて、彼はいつしか椅子の前へ身を乗り出して熱心にまゆみの方を見つめた、珠彦は音楽愛好者で蓄音機のレコードも此の若い男爵は外国に直接注文して取り寄せるほどだった。

なみ、ことごとく、くちづけて——はた、ことごとく、わすれゆく——。終りの折り返し《リフラン》を重ねて歌って伴奏の二三節《せつ》の余韻を巧に鳴らすや、まゆみは立ち上りピアノを閉じた、見果てぬ母の夢から醒めた様に——

　綾子が真先に拍手し純子と夫人が続いて手を打った、利栄子はしかしアンコールしようともしなかった。

「まあ、貴方はお上手ですねえ——ほんとに亡くなったお母様が今夜天で聴いてどんなに嬉しくお思いでしょう——」

　しんみりとこう言われる由紀子夫人の優しい言葉に、まゆみは胸せまったが、無言の感謝に頭をさげて座に戻った。

「うまい！　そして表現《エキスプレッション》が確だなあ、僕感心した」

　珠彦が若々しい青年らしい感激の言葉を続けて今更にまゆみを見つめた、その男爵の瞳には、つい昨日までまゆみを見おろしていた主らしい色は失せて、もう一人の女流音楽家を見るような尊敬の眼ざしに変ったかと思われた。

「どう、綾子さんや利栄子様もひとつなさいね」

夫人は綾子達の方を見返した。

「いや、よして戴こう、折角ロマンチックな小曲を聴いた後で綾さんの例の雨だれ式のポンポコポンを鳴らされては感興が失せるからね、ハッハッハッ」

珠彦は無遠慮に戯談《じょうだん》を言った。

「まあ、お兄様ずいぶんな方――」

綾子は兄を睨んで笑ったが、利栄子はむっとした、自分のことも恐らくポンポコポンの組に入れて居るらしい珠彦の言葉が口惜《くや》しくて口惜しくて胸が張り裂けそうになってしまった。そして彼女はまもなく頭が痛いと言って自動車で帰ってしまった。まゆみも章一も純子に連れられて自分達の小さい棲居へ――

「ほんとに今夜はまゆみさんの歌もピアノも大成功ね、音楽の才がやはり有るのねえ、貴女は」

純子が嬉し気にほめても、まゆみはあい変らずニコリともせず黙っていた。彼女はピアノを今夜奏でた時のような柔らかい夢見るような表情は平常はちらとも見せず、冷たい死火山の熔石《ラバ》の如くに冷たく淋し気に居る少女だった――。

流れ星

門《かど》にたち出《い》でただひとり
人待ち顔のさみしさに
ゆうべの空をながむれば
雲の宿りも捨てはてて
何かこいしき人の世に
流れて落つる星一つ

聖マリア女学院の三年級に綾子も利栄子もその春四月進級した。

その始業式の日、綾子はまゆみを伴なって登校した。

利栄子は校庭でいち早く綾子の姿を見出して駆けよったが、そこにまゆみが居るのに気がつくと彼女は妙な顔をして呆れた様に立ち止まった。

「利栄子さん、まゆみさん補欠試験に合格なすって今日から私達の級《クラス》にお入りになるの」

　綾子はにこにこ自分も嬉しそうだった。

「そう……」

　利栄子はいやな表情でつんとして居た。

「どうぞよろしく――」

　まゆみは少しかたくなってお辞儀をした。

「私、まゆみさんに教室を御案内しておきますわ――」

　綾子はまゆみを連れて行ってしまった。

「いまの方どなた？」

　利栄子の級の人達が尋ねた。

「よくは存じませんわ、何んでも綾子様のお宅でお引き取りになった哀れな孤児なんですの――生意気ですわね、私共の学校へ上ったりして……」

　利栄子は不平らしかった。

「あら、だって、ちゃんと補欠の試験が受けられたのなら当たり前ですわ」

「あの方、外国生活していらっした方でしょう、服が身についていらっしゃるわ――お父様が外交官ででもいらしたの？」

　級の人達はいろいろ新入生のまゆみを噂し合った。

「外交官ですって、いいえ、それどころじゃあございませんわ、あの人のお母様は汽車の中で行き倒れになったんですもの……」

「あら、そう……」

——鐘の音が響いた、生徒達は校庭を引き上げた。

その翌日から三学年の新学期は始まってゆく。

最初の課目は仏蘭西語《フランスご》だった。

その受持のカソリックの尼様の先生が、今度新しく其の級に入ったまゆみを見て最初に言葉をかけた。

「貴女のお名前は《ケル・エ・ヴォートル・ノム・マドマアゼル》？」

「モン・ノム・エ・マユミ・ツカサ」

司は立って答えた。

「何か仏蘭西語の本を読みましたか《アヴエウールユ・ケルク・リーブル、フランセ》マドマアゼル・ツカサ」

「ウイ・マダム・ジェールユ、サンファミーユ」

まゆみがこう答えると、級の人達は驚ろいた様に囁やいた。

「まあ、あの方、家無き娘をフレンチでお読みになったんですって！」

「たいへん結構《ウイ、ウイ、トレ、ビアン》！」

まゆみの流暢な仏蘭西語は生粋《きっすい》の仏蘭西人の尼様のお賞《ほ》めにあずかった——

その夜綾子は夜の食堂で母夫人や兄の珠彦に早速今日のまゆみの最初の学校の一日について報告した。

「まゆみさん、そりゃあ第一日から、いい出来なの、あの方フランス語たいへんいいって先生はお賞めになるし——明日は又音楽の時間でしょう、あの方の天才的の声が又賞めにあずかるでしょう、もうあの方それですっかり級の明星になっておしまいなさるでしょうね、きっと——学校へ御紹介になった蔦村先生もお鼻が高いわけですわ……」

「まあ、そう、それはよろしかったこと——綾子さんもまゆみさんを御勉強相手にしっかり怠けてはいけませんよ……」

「ねえ、母様、あのまゆみさん姉弟の親はきっと上品な相当立派な家庭をつくって居た人達なんでしょうね、僕はそう想像するんですが……」

　珠彦が言った、

「ええ、確にそうでしょう、でもあれから大連の方へもハルピンへも警察からお調べが届いたのですが、やはりまゆみさんの言う位いの事より、わからないのですよ——ハルピンで或る商会をお父様がしていらっした事と、お母様が大連で音楽を教えていらっした事だけ——そして外に親戚も身寄の者もちっとも無いのですよ」

「あ、そうですか——でもいいではありませんか、此の邸で出来るだけ世話をしてあげれば、蔦村さんもあんなに乗気になって居られるし……」

「そうですよ、そのつもりで私達もあの子達に親切にしてあげましょう――」

「――母様私は始めから――最初あのまゆみさんと可愛ゆい章ちゃんを見た時から、仲よしのお友達になってゆくつもりでしたわ、でもお兄様はあの時すこうし……」

綾子は笑った。

「何がすこし？」

珠彦は眼をぱちくりさせた。

「だって、お兄様は始めはそんなにまゆみさん達を信じてはいらっしゃらなかったでしょう、私のお友達にするのも、よく見なければわからないってきびしく仰しゃったでしょう」

「それは、人という者はよく見なければわからないからだ」

「ですけれど……ねえお母様、いつかのお雛様の夜、まゆみさんがあんな美しい歌をおうたいになってから、お兄様は少しまゆみさんを崇拝なさるようですわ……」

「何を言うの、綾子、お前は無邪気そうな顔をしていて――なかなか口が悪いんだな――僕は何もまゆみを崇拝したりしないよ、ただ彼女を認めたのだよ、あの立派な音楽の才をね――」

「そう――でもお兄様、まゆみさんは勝気な人ですもの、どんなに世話になる人にだって自分から頭をさげたり愛嬌を振りまいたり出来ない性質なんですわ――」

「そうらしいね、でも弟の方は誰にも可愛がられる子でしょう」

これは母夫人の言葉だった。

「まゆみは——少し冷たくて優しさの足りない少女なのだね——」

珠彦は、妹にまゆみを崇拝するなど言われたので、威厳を示す為に、まゆみと呼びつけにしたりした。

「まゆみさんの境遇や孤児になったりした不仕合せがああいう寂しい親しめない子にしたのでしょうが今に蔦村先生の愛情できっともっと打ちとけたいい娘になりますよ」

母夫人はまゆみの将来をそう信じているらしかった。

——その翌日学校で音楽の時間、まゆみの天才的な、そして善く導かれた美しい声は先生に早くも認められた。

「まあ司さんって大変な方ね——」

「すばらしいのね、将来恐《おそ》る可《べ》しね」

級にいきなり落ち込んだ一つの星はこうして光り始めた。でも少し此の星は冷くて寂しげな夕づくの青白い光だった。天上から地上の人の子の中にただ一つ流れ落ちたように……。

密談

　辻男爵家に仕える老女の槇乃は、邸内の女中、お針女《はり》、小間使達全部の女の奉公人の取締りのような役で奥向き一切の用を受け持って、邸内に勢力があった、書生や執事から其他出入りの男達も槇乃には頭を上られぬ位だった。――その槇乃へは利栄子の母親のお鉄も邸に来る度いとも鄭重に挨拶したり、渋い錦紗《きんしや》のお召《めし》の反物《たんもの》や、としよりに似合う高価な金細工の帯留めを贈物にして居た。

　――その槇乃に利栄子の母から或る日電話がかかって来た。

　何用かと槇乃が受話器を取り上げると、それは国分夫人の声で、

「もしもし槇乃さんですか――今日でも明日でも、もし貴方お暇がつくれましたら、宅へ一寸いらっしして下さいませんか――一寸お話がございますので――たいへん御苦労をおかけ致して申しわけございませんが……」

「はい、左様でございますね――本日はお奥の御用がございますので出られませんがでも明日の午後一寸おひまを戴きましてお伺い出来ますが」

槇乃が答えると、国分夫人のお鉄は安心したように、

「そう、では明日お待ちしますよ」

と電話を切った。

その翌日――槇乃は午後約束通り麴町の国分家を訪れた。

さきから、いかにも待かねて居た様に――お鉄は早速自から玄関へ飛んで出て、

「さあ、どうぞこちらへ――ようこそ、ほんとにわざわざお呼び立てをしたりして申しわけございませんね」

と下へも置かぬもてなし振《ぶ》りで、お茶よお菓子よと大騒ぎだった。

「何か、奥様私風情《ふぜい》に御用がおありになりますので……」

と槇乃は、あんまり大切な客にされるので、少し薄気味悪く問い出すと、

「そうですよ、是非貴女に折入って私からいろいろ打ち明けてお話申し上げたい事がございましてね、それでわざわざお呼び立てした次第なのですが……実はあの利栄子の事でございますよ」

とお鉄は膝を乗り出した。

「はあ、あのお宅のお嬢様のことで……」

「そうですよ――あの利栄子はもう私共夫婦に取りまして、眼の中に入れても痛くないほど可愛ゆい可愛ゆい娘でして、私共の親心からは、もうもう何を犠牲にしてもあの子

の幸福を願って居るんでございますよ、槇乃さん」

　お鉄はなかなか雄弁家だった。

「ごもっともで――」

　槇乃はかしこまってお鉄の言葉を聞て居た。

「それで――あの利栄子も親の欲目かも存じませんが、まあまあ親に似ないほど人並以上の器量でございます――」

「ほんにお嬢様はお綺麗で――」

　槇乃もほめ出した。

「それにピアノも仏蘭西語も家事向きの必要な事も万事もうどんな高い月謝を払いましても教え込んで居ります。それと言うのも、ゆくゆくは立派な処へお嫁入りさせたいからばかりでございます――あの子は是非立派なお家の奥様にさせて一生幸福に暮させてやりたいからでございますよ――それにつけても、あの辻男爵の若様、御当主の珠彦様のような方へお嫁入り出来たらと、辻家へ伺う度びに私は考えるのですよ、槇乃さん」

「ほんとに左様でございますね、あの珠彦様とおならびになると、まるで御雛様の一対のようでございますよ。ホッホホホホ」

「お妹様の綾子様と仕合せに学校お友達で、ああして行来が出来ますのも、やはり何か御縁があるからでございましょう――どうぞ此の上は私の願い通り、学校を卒業後でもあの子が珠彦様と御結婚出来るお約束でも叶いましたら――とホホホホ勝手な事を考えて居りますんで……、もしそんな事が叶いましたら、あちら様は華族様、こちらはただの平民でございますが、でも私共はまずまず相当の財産はございます。宅の主人もいろいろの会社に関係して有力な実業家ですもの――、利栄子のお嫁入りのお仕度なぞ誰方《どなた》にも負けない用意は致します。其の上あの子の一生使い切れないほどの御化粧料も持たせてやりますつもりで居りますの――いかがでしょう、槇乃さん今からお願いしておきますが、御邸内にもあの辻家の御母堂にもたいへん御信用のある貴女に、ひとつ、そのおつもりでお骨折りをお願い申し上げ度いのですが……」

お鉄はお辞儀をして一生懸命らしかった。

「はい――仰せの事は及ばずながら、私の出来ます限り、お宅のお嬢様の為をはかり度いのですが……でも、私の力だけではどうかと思われますが――」

槇乃はお鉄の頼み事が、たいへんな事柄なので吃驚《びっくり》してしまった。

「勿論、私の方でも利栄子を貰って戴けるように――どんな事でも致しますが、ともかくそのつもりでこれから後々貴女に御便宜を計って戴き度いと思いましてね……」

「はっ、その事はもう出来ます限り……」

「では、どうぞよろしく……ホホホ、槇乃さんこんな勝手なお願いを厚かましく申し上げるのも、やはり私の母性愛だと思って悪しからず……」

「ええ、もうもう、それはよくお察し致します。そんなに可愛がって下さるお母様をお持ちの利栄子様はほんとにお仕合せな方でいらっしゃいますよ」

「それにしても槇乃さん――あのお宅の家庭教師の蔦村さんて方は風変りな方ですわねえ――知りもしない、ただ汽車の中で見ただけの二人の孤児をいきなりお邸へ引張って来て、あんなにお世話なすったり、又それを御当主の珠彦様や母堂様がお許しになって……」

「ほんとに左様でございますよ、それと申すのもあの家庭教師の方がいらっしてから、もうもう御母堂様の御信用をたいへんお取りになりまして、私などにもお頭《つむ》が高くて――」

　こうつぶやく槇乃は、あの純子が邸内に入り込んで以来、一日一日男爵未亡人の信任を得て自由に彼女の意見や申し出が通るのが、老女の心根から不愉快だったのであろう。

「そうでしょうとも、少しばかり教育のあるのを鼻にかけて、さぞいばる事でしょうね、第一家庭教師に傭《やと》われて居るくせに、生意気ではございませんか、勝手に人の子を連れ込んでお邸のお世話にあずかったり、その上利栄子から聞ますと、此の春からあの聖マリア女学院の利栄子や綾子様と同じ級にあの女の子を入学させたんでございますって、まあ、何んて身の程知らずでございましょうね、あんな月謝の高い貴族や富豪の子ばかり行く女学校にどこの誰の子か親の身許もよくわからない女の子を人並に入れたりして、まったく私共を侮辱致しているじゃございませんか……」

「まったく、仰せの通りでございます。あれと申すのも皆蔦村さんがあのまゆみという子の肩を持って、御母堂様にお願いなすって、ああなさったのでございますよ」

「そうでしょうともねえ……ほんとにいやでございますこと——お蔭で外の生徒さん達のねがさがりますよ」

「まったく——でも奥様、お宅の利栄子様なぞにくらべれば、やはり氏《うじ》育ちがちがいます。まるで月とすっぽんでホホホ」

「ホホホ、それはねえ——」

お鉄の母性愛は上機嫌で満足した。

「では——もう遅くなりますといけません、これでおいとましてお邸へ帰らせて戴きます」

槇乃は立ち上った。

「そうですか、ではお話し申し上げた事よろしくお願いしますよ、その代り槇乃さん、貴女のお為にもよろしい様に、どんな事でも取り計らいますから——」

お鉄は、そして一つの箱包みを出した。

「これは何か、貴女御ふだん着でもお買いになって下さいよ——」

「そんな事を——度々いろいろ頂戴いたして居りますのに……」

さすがに槇乃は断ったが、お鉄はどうしてもきかないので、彼女は受け取った。

そして、槇乃は辻邸へ立ち帰ったが、外に用が有って出た様に言って、けっして麴町の国分家へ行ったとは誰にも告げなかった。

お鉄の呉《く》れた紙包みを開くと薄い桐箱に入った三越の百円の商品切手だった。

少年

章一は附近の小学校の六学年に入学した、まゆみが女学校に入ったと同じ様に――

彼は学校から帰ると、自分の勉強部屋に鞄を置くとすぐ飛び出して、母屋の邸へ行った。

「珠彦様ァー」

彼は可愛ゆい声を張り上げて、珠彦の居室の扉《ドア》を叩くのだ。

「君か、入り給え」

珠彦はまるで自分の弟でも来た様に喜こんで章一を部屋へ入れた。

もうすっかり其の頃、章一は初めはにかんで小さくなっていたのを忘れた様に珠彦になついてしまった。

「章ちゃん、君東京の小学校はどう、うまく勉強出来る？」

珠彦が聞くと、章一は少し心配そうに、

「僕たいていい出来るんです、でも……」

「でも……何んだい？」

「あの、算術よくないんです……むずかしいんだもの……」

章一はしょげて居た。

「算術が困るの——そりゃあ勉強さえすれば直ぐうまくなるよ、君利口だから大丈夫だよ——それに君何んだぜ、来年は中学に入るんだろう、それは算術をうまくなっておかないと入学試験がたいへんだからね……」

「ですもの、僕悲観しちゃうの……」

章一はなかなかおしゃまの事を言った。

「ハッ……、いいよいいよ、そんなに悲観しないでも、僕が毎日少し教えてあげようか……」

「ええ、どうぞね。——」

「それで、今日どんな問題を学校でしたの？」

「それがむずかしくって僕よくわからないんで困っちまった、珠彦様、こういう問題なの——鶴と亀の足が一緒で百六十本、そして両方の頭数は五十、それで鶴と亀は各々何羽と何匹ずつかっての——僕いやになっちまう……」

「ハッ……、応用四則だね、でもそんなの君少し考えるとすぐわかるよ、やさしいじゃないか、ね、君こうなんだよ」

珠彦は自分の机の上にノートを取りだし鉛筆で書き始めた。

「ね、君、鶴の脚は二本だろう」

「え。」

章一はうなずいた。

「そして亀の足は四本だろう」

「うん、ちがう――」

「何故だい、亀の脚は四本だよ――」

「だって、亀は四ん這いなんでしょう、だから前の方の二本は手でしょう、後の方が二本脚なんでしょう……」

「ハッ、ちがうよ、みんな脚なんだよ――」

「ほんとう、僕やっぱり亀も二本だけ脚かと思ったんで、なかなか答えが出なくて困っちゃった――」

章一は大人の真似をして頭を掻《か》いた。

「ハッハハ、それじゃわかりっこないよ、ね、だから、こう言う数になるのさ」

と、彼が数字をノートの上に示して章一の為説明して聞かせようとした時、扉をノックする音が聞えた。

「お入り」

「お兄様、よくって」

綾子の声がした、そして扉が開かれた、綾子の後にはまゆみも居た。

「お兄様、いま、まゆみさんにトランプのゲーム教えて戴いたのよ、なかなかむずかしいの、まゆみさんそりゃあトランプお上手よ。お兄様も仲間に入ってなさらない、二人じゃ数が足りないんですもの……」

綾子は兄を誘いに来たのだった。

「章ちゃん、何していらっしゃるの」

その時、まゆみが綾子の後から、少し遠慮したような声で弟へ言いかけた。章一がいつの間にか、ちょろっと珠彦の所へ入り込んでいるので吃驚したようだった。

「姉さん、僕ね、珠彦様に算術教えて戴いてるの――僕今日学校で出来なくて弱っちまったんだもの……」

章一は甘えた様な声で姉を振り返って言った。その瞬間、まゆみは一寸うす赤くなった。それは算術が出来ない弟――が姉としてはずかしかったのだ。まゆみは勝気だったから、弟の不得意な学課の弱点を珠彦の前に知らせたくないのだった。

「章ちゃん、貴方の御勉強なら姉さんがいつでも見てあげてよ、何故姉さんに教わらないの――」

そういう、まゆみの声はあまりに弟にきびしく響いた。

「だって——僕、あの——」

章一は姉が思いがけぬ不機嫌を示したので、困って口ごもった——

「君もう、僕はけっして算術も何も教えないよ——姉さんに教わりたまえッ」

突然珠彦の神経質にとがった声がして、彼の机上に章一の為に開かれた数字をしるしたノートはビリビリと引き裂かれた、彼の顔は蒼白く怒りを含んでさえ居た。——

その様子に章一はとうとうしくしく泣き出した。

「章ちゃん」

これも又珠彦に劣らぬ様、少し顔色を変えたまゆみは、でも落ちついて弟を招いた、そして、その手を取って黙って、その部屋の前から立ち去って行くのだった。

「まあ、お兄様——どうなすったの——」

後に取り残された綾子は呆れて、無邪気な眼をぱちくりさせた。

「綾子様、いかが遊したので……」

と其処へ槇乃が廊下を通りかかり、顔を出して尋ねるのだった。

純子はその夜遅く男爵母堂の居間に呼ばれた。

「貴方に一寸申し上げておき度いと思いましてね……それは外でもございません、あのまゆみさんのことなのですよ——」

「はい——あの、まゆみさんが何か——」

純子は何事をまゆみが仕出かしたか——と心配らしかった。

「別にたいへんな事ではございませんの——ただね、あの槇乃が心配してわざわざ知らせて呉れるものですから……」

「おや、お邸の槇乃さんが——何をまゆみさんについて奥様にお話し申し上げたのでございます？」

老女の槇乃が——まゆみ姉弟に対しては無関係の筈の彼女が特に辻未亡人にまで話したとはどんな事なのかしら？……純子は想像がつかなかった——

「今日ね、章一さんが珠彦の部屋へまいったそうです。あの子はあんなになかなか人なつっこくて、もう今では珠彦にも綾子にも私にもそれはよくなついて可愛ゆいでしょう……」

「ええ、ほんとに――」

「それで、珠彦が算術を教えてやったそうです――そこへ綾子さんとまゆみさんが入って行ったのです。そして章一さんが算術を教えられて居るのを見ると、いきなり「算術なら姉さんがいくらでも教えてあげてよ、なにも外の方に習わないでも――」と、ひどい権幕で言ったそうですよ、それで珠彦は御存じのように、たいへん神経質の子ですから、たまりません、かっとなって、ノートを引き裂いて「もう僕は何もけっして教えない」って怒ったそうです――それをまゆみさんは見て黙って冷笑してね、あやまりもせず弟の手を引いて、さっさと綾子にもかまわず行ってしまったそうですよ――槇乃はその様子を見てもう吃驚したと申します、――私もそれを聞いてほんとに困ったと思いますの――ねえ、蔦村さん、まゆみさんはあんなに利口な女の子ですのに――どこか冷く――もしかしたら少しひねくれて居るのではないでしょうか――そしてあの姉弟に好意をもってすっかりお世話をしてあげている此の邸の、若くてもちゃんと主人のはずの珠彦にそんな態度をとるとは――何も蔦村さん、私はいくら恩を蒙《こう》むっている主人だからと言って、珠彦が乱暴な無理を言っても、お辞儀をしてはいはい言わねばならぬと言うのではございません。あんなに気むずかしい珠彦が章一に算術まで教えてやるほど親切にして居るのに、その感情を損なうほど――かたくなにしないでも――と思うのですよ、そんな風ではこれから後々も珠彦の感情が面白くなくては、蔦村さん、貴女も折角あの姉弟をお世話なさってもかえってお困りになりはしませんか――」

由紀子未亡人は静かにこう説かれるのである。

「まあ、そんな事がございましたか――私は少しも存じませんでした、道理で先程章ちゃんが少ししょげて一人で自分の部屋で勉強して居ると思いましたが……」

「何も私達はまゆみさん姉弟をそんな事で、もうお世話するのをいやだと申すのではございませんよ、それどころか綾子と同じ学校にまで入学させて行末《ゆくすえ》一人前の人にしてあげようと楽しんで居るのですから……ただまゆみさんの気持ちをもう少し柔らかく素直にしてあげるように――蔦村さんによく御注意して戴こうかと思って、ともかく貴女のお耳に入れておくのですから――そのおつもりで、どうぞ」

「はい、わかりました、章ちゃんはともかくまゆみさんはもう十六で、それにちゃんと「自分」をはっきり持って居るひとですから、ほんとに善く導いて行くのには私もずいぶん骨が折れると思います、でも一度あんなに決心してお引き受けした以上私も一生懸命でやって見ます――」

「ええ、どうぞそうして下さい、あの子はもう少し素直な子にさえなれば、もう申し分はございませんに、姿も顔も上品で綺麗ですし、それにフランス語も音楽もたいそうもう上達しているそうです――貴族社会の交際に出してもはずかしくないほどの少女ですもの、ね、蔦村さん――」

「まあ、奥様、そんなにまゆみさんをよく思って下さるのは、私も嬉しくて仕方ございません、それにつけても、私きっとあの人をもっと素直な暖かい少女に致してお眼にかけます、まごころさえあれば、きっとあの子を導びく事も出来ると信じますから、そしてその上はマリア様のお助けを祈るだけでございます」

「どうぞ、蔦村さん、皆あの子の為ですから――」

由紀子夫人も又まゆみのためにそう願われるのである。

純子は夫人の部屋を出て、――さて心の中に今始て告げられた人の言葉から――まゆみの心持ちを少しずつ暖かにほぐしてゆく――あの人の性格を訂正する――その重い務めを思って心重く眉くもらせた。

そして彼女が帰り行こうと下玄関にさしかかった時、そこの電話室の前でばったり槇乃に出会ったのである。

「槇乃さん」

純子はきっとなって呼び止めた。

「おや、何御用でございますか」

槇乃はいつもの如く礼儀正しくかしこまった。

「あの、まゆみさん姉弟の事について何か貴女がお気づきの事がございましたらどうぞ直接に私にお話して下さいませ、あの姉弟については私が一切の責任をもってお世話いたして居りますから——どうぞ以後は貴女もそのおつもりで……よろしく——」

純子はこう言いすてて、さっさと玄関を出て自分の棲居の小さい洋館へ帰った。

——二つの窓——あの章一とまゆみの部屋に灯がついている——

まゆみに今夜の由紀子夫人の言葉を注意しておこうか——しかしあの子がそれを悪く誤解しないように——もしかしたらあの烈しい気性はますます暗く冷たくなるばかりではあるまいか——純子は暫く思い迷ったが、ともかくまごころからあの少女の心に浸みるよう言いきかせようと決心して、純子はまゆみの部屋の戸を開けようとして、其の前に立った時、中から歌声が響いて来た、それはまゆみが独り居のつれづれに此を宵の口《くち》吟《ずさ》む歌であろう、美しいけれどどこか寂しい声音——

山のあなたの空遠く
「幸《さいわ》い」住むと人のいう
噫《ああ》、われひとと尋《と》めゆきて
涙さしぐみ、かえり来ぬ

山のあなたになお遠く
「幸い」住むと人のいう

その歌声は純子の耳に胸に哀れに切なげに流れ込んだ——

この歌をうたうまゆみの心持を——そして夜更けの灯の窓に何を思うてか、ひとり寂しげに歌う彼女の姿を扉の外に想像した。純子は今すぐ彼女にいやな事をきかせ度くなかった。

純子はその足音を忍んで扉の前から、自分の部屋へ引き返したのであった。

悲しき性格

母胎《ほたい》を出ずるその時に
われ「憂愁」と生れけむ
悲しき性格《さが》のすべもなき

「何ゆえに人の世のかくは悲しき」と
母君われに告げ給《たも》う
楽しき世に背《そむ》かれし母よ

われも亦《また》母のごとく
人の世の歓喜《よろこび》も愛の光も
冷き眼《まなこ》閉じて受け得ず

自らを疑い人に狎《な》れ得ず
銃口《つつぐち》に追われおびゆる
小鳥の如きあわれ此の性格

辻男爵邸の園の池のほとり藤棚の花房はゆるく水に紫の影を落して、花壇の幾株かの牡丹の花は五月の陽《ひ》を受けて咲きくずれる——章一は自分の勉強部屋から時々寂しそうに、その広い庭園の五月の風景を眺めて一人ぼっちでぽつんと机に向って居た。

彼は或る一つの事を小さい胸に我慢して居るのだった。

その一つの事とは——何?

それはあの大好きなお兄様のような珠彦の部屋へけっして行けなくなった事である。

いつか珠彦のお部屋で算術を親切に教えて貰って居た時、姉のまゆみが綾子と共にその扉を開けて現れて——まゆみが珠彦の気にさわった一言を言い出した為に、珠彦はもう章一を小さい弟として打ち解けてものを教える事は勿論——あの日以来章一に今までのような笑顔さえ見せては呉れないのだった。

——だから章一は毎日巣に小さく閉じこもる雛鳥みたいに此の勉強部屋にばかり入って居る——

ああ。僕どんなに珠彦様のお部屋へ行って算術を教えて貰ったり、飛行機の話を聞かせて貰ったり、外国の珍らしい美術館の写真帖を見せてお話を聞かせて貰ったりしたいか——でも我慢しなければならないんだ——たぶん僕の大事な一人きりの姉さんは、それを喜こばないんだもの——。章一は子供心に諦らめてしまった。

そして今小さい自分の机の上で一人で勉強して居る——でも直ぐ倦《あ》きてしまう。彼は画用紙を拡げて、クレヨンを取り出して絵を描く——姉のまゆみはまだ学校から帰らない——彼は寂しくって仕様がないのだ。

「僕今日ひとつ写生しようや——」

こんな生意気を言って、章一は画用紙と鉛筆類を持って庭に出て行った。

表門から裏へ廻ると、辻家の座敷に面した美しい五月の園がさまざまの花を咲かせて居る。彼は足音を忍ぶ様に芝生の上の敷石を伝わって入った。

小さい画家の彼はまず庭の中の一つの雨ざらしになっている籐椅子《とういす》にちょこんと腰かけて見廻した。そうあのお座敷の縁からあっちに突き出て居る珠彦様や綾子様の勉強部屋の洋館の窓とその下の花壇を写生しよう。

彼は熱心に筆を走らせた。何度も消しゴムで線を消しながら——

「こんなにお家まがってないやァ」

彼は独言を可愛くいいながら、せっせと写生に夢中になった。

その時、珠彦の勉強部屋の窓が開いた。

その窓から珠彦が庭を見渡して、早くもその庭の籐椅子に小さい足をぶらさげて、スケッチして居る少年の可憐な姿を認めたのだった。

珠彦はじっと黙ってその姿を見つめて居た。章一は描き出しても、なかなか巧《うま》くゆかなかった。一枚の画用紙はかき損じになった。新しい画用紙を又紙鋏《かみばさみ》から取り出した。そして今度はちがった所を写生しようかと四辺《あたり》を見廻した時、彼の眼は窓からこちらを向いて居る珠彦とぱったり合った。

「あっ珠彦様――」

章一は懐しそうにそう呼んだが――珠彦は答えなかった。彼はいきなり手荒く窓を閉めて其上カーテンさえ降してしまったのだ。

章一の手から画用紙が落ちた。

小さい彼はしょんぼりして、もう絵を描く力も抜けた様に籐椅子を立ち上って庭を出て行った。その彼の円い眼には涙が宿って居た。まるで誰かにいじめられて泣き泣きお家へ帰る弱虫の男の子のような姿に見えた。

「章ちゃん、どうしたの?」

そう声を掛けて弟の傍へ馳け寄ったのは姉のまゆみだった。

「姉さん!」

章一はいきなり姉に取りついて涙をしゃくり上げた。

まゆみは弟の肩を抱きながら、

「どうしたの？　章ちゃん、誰かが何か言ったの――槇乃さんでも……」

まゆみは邸内の老女の槇乃が何故か自分達姉弟と、救いの恩人の純子に白い眼を向けて心で睨みつけて居る事がうすうすわかって居たのだった。

「ううん――」

章一はかむりを振った。

「じゃあ、どうしたの？」

まゆみは何よりも弟の涙顔を見るのを辛く思った。

「ううん、誰にも僕いじめられたんじゃないの――」

章一は姉にいたわられ少し元気づいた。

「そう――でもおかしいわ、男の子のくせに涙なんか流して……」

まゆみは少し安心した様に微笑んだ。

「だって、僕寂しかったんだもの……」

章一は拗ねて居る。

「そう、だって姉さんも学校がおしまいになると、ずいぶんいそいで帰って来るのよ、章ちゃんの小学校は近くだし時間が早くしまっていつでも先に一人ぽっちで帰って居るでしょう。だから――」

「ううん……だって僕も姉さんの帰るまではおとなしく勉強して居るんだよ——そしてさっきもね、お庭の花をスケッチしに行って居たの——」

章一は手に持って居た画用紙や鉛筆箱を見せた。

「そう、よかったわね、章ちゃんは絵を描いて居ればいつでも一人ぽっちでも寂しくないでしょう、これからもお姉さんお留守で寂しい時はいい子だから絵を描いていらっしゃいね」

「うん——だけど僕もう此処のお庭で絵なんか描かないや——」

章一はくやしそうに言った。

「まあ、なあぜ、此のお邸の花今盛りで綺麗でしょう、藤も牡丹もあんなに咲いているんですもの——」

「いやだ——だって今日もね、僕お庭で一人写生して居たら、珠彦様が御部屋の窓からこっち見て居たの。そして僕が気がついて見たら、いきなり窓をぱたんって閉めて知らん顔なさるんだもの——僕かなしくなっちまった」

章一の涙の原因はそれだったのか——まゆみは、はっとしてたじろいだ……。

「——章ちゃん、お家へ入りましょう……」

まゆみは章一の手を引く様にして、彼の勉強部屋へ伴なって入った。

姉弟は机の傍に向い合って——

「ねえ、章ちゃん、かんにんして頂戴――みんな姉さんが悪かったのよ――珠彦様が此頃章ちゃんを近づけて下さらないのも――今日章ちゃんが庭に居るのに、わざと窓をお閉めになったのもみんな――いつか私の言ってしまったことがお気に障《さわ》ったからなのよ、きっと――どうして、こう姉さんは人に素直に出来ないのでしょう――生まれつきこんなかたくなな悲しい性質を持っている姉さんに引きかえて、章ちゃんはほんとに羨やましいの……だって素直で気質が柔らかで誰にも愛される資格があるんですもの――でも章ちゃんの傍に此の姉さんが付いて居れば駄目なのね、章ちゃんの幸福をみなめちゃめちゃに邪魔するようなものですもの――姉さんはね、もしも私が居ない方が章ちゃんの幸福の為になるのなら――いつでも此のお邸を出て行くつもりよ……」

まゆみの終りの言葉には切ない決心の涙がひそめられて居た、――黙って姉の言葉に耳かたむけて居た章一は此の時いきなり姉の身体に犇《ひし》と取りすがって烈しく首を振って叫んだ。

「いやだいやだ、僕いやだ、僕どんな事があっても姉さんと別れるのはいやだ、僕どんな不幸になってもかまわないから、姉さん僕を離れてなんて行っちゃいやだ……」

彼は今にも姉が自分を置いて離れて行くかの様に泣き声をあげた。

「章ちゃん、貴方はそんなにこんな片意地な姉さんを大切《だいじ》に慕って呉れるの？」

まゆみはこう言って弟を抱き締めた。なかなか容易に涙を人には見せない彼女が此の時ばかりは其の蒼白い頬を真珠のような露が伝わり落ちるのだった。

その時――扉を叩いて人の訪れる気配がした。

「まゆみさんも章ちゃんも何してらっしゃるの？」

それは純子の声である、姉弟ははっとした様に離れて、まゆみは涙の跡を拭いて扉を開けた。

純子は二人へおやつの果物の皿を持って、いつもの様に、姉弟の若い母のように優しい眼ざしで入って来た。

「まあ、いやだ二人とも泣いてらっしゃったの？　どんな悲しい事がありましたの、私に話して下さいね」

純子は心配そうに眉をひそめて尋ねた。

「だって、先生、姉さんは僕をおいてけぼりにして此のお邸から行ってしまうと言うんだもの――僕悲しくって……」

章一は純子の袂にぶらさがる様にして早くも訴えるのだった。

「まあ、怪《け》しからんまゆみさんだこと、私がよく叱ってあげますから章ちゃん安心なさいね、大丈夫大丈夫」

純子はわざと気軽くおどけた様な言い方をしたが心の中では、ほんとに気性の強いまゆみだから、もしかしたらそんな事も実行してしまうかもしれないと不安になった。

「さあ、もう仲善くおやつを召上れ――」

純子は姉弟の間に交された悲しい会話を忘れさせ様とした。

悩める姉

その宵《よい》純子の部屋の中にまゆみは呼ばれて居た。

「まゆみさん――貴女何もかくさずに心のまま私にだけ仰しゃって下さらない？　いつでも申し上げてます様に、姉のように母のように私は思って甘える気持で打ちあけて下さいね」

純子にこうまゆみは言い出された。

「ええ、私――先生、先生にだけはほんとにどんなにも素直になろうとして居るでしょう――でも私はけっして誰からも愛されない少女なんですわ、自分でよくわかりましたの……」

まゆみはもう諦めて居る様だった。

「そんなに思い切ってはいけませんよ、まゆみさん。人間は皆個性を持って居るのですから――貴女はきっとお父様のお亡なりになった後お母様に連れられて流浪の旅にさまよいいろいろ小さくて苦労をなすったから――どうしても何一つ不幸を知らない呑気な少女とちがって早く智恵がつき過ぎて――そして一寸人にすぐに甘えて行けない性格におなりになったのでしょう――けれども、どんなに冷たい鉄でも烈しい火の力には暖められて赤くなり熔《と》けてさえゆくのですもの、利口な貴女はおいおいに人の愛情を素直に受けるように、そして御自分の欠点をなおしていらっしゃれると私は信じて居るのですよ――譬《たと》えば――先日の珠彦様の御部屋で章ちゃんが算術をお教えして戴いて居た時貴女が仰しゃった様なことは――もう少し経てばけっして二度と再び仰しゃらないでしょう、そして章ちゃんが珠彦様に可愛がって戴く幸福を感謝してお礼を仰しゃる様になるでしょう――きっとそう貴女は変わって善くなると思えばこそ、私は何も言わずに居たのです――まゆみさん、ですからあまりくよくよせずに私に十分信用されていると思って安心して此処を我が家のように思って暮して居て下さいね、どう、わかりましたか！」

純子はほんとに母が我が娘に訓す様に説き聞かせた、まゆみは下うつむいてじいっと聞入って居たが、やがて――彼女は顔を上げた。その濃い眉は凛々しく彼女の動かぬ鉄の意志を示してさえ居た。

「先生――私の気持をはっきり申し上げます、私はあの――此の間珠彦様のお部屋で章ちゃんが算術を教えて戴いた時、あんなお気にさわる烈しい言葉を申し上げてしまったのは、一つは嫉妬からでした……」

「えっ、嫉妬？　どうして？！」

純子は吃驚した、

「私の大事な弟がいつの間にか知らぬ他人の人に飼い犬のように手馴ずけられてしまったようで大事な玉のように私一人のただ一人の弟と思っている子を取られたようでいやだったのです――そして弟と仲よしになった珠彦様が憎らしかったのです――」

「まあ……」

純子は呆れてしまった。

「でも――それはあんまり貴女が章ちゃんを大事に思って可愛がっていらっしゃる姉心で可愛らしい嫉妬ですねえ――でも珠彦様も貴女の歌やピアノのお上手なのをどんなに蔭で賞めていらっしゃるかわかりませんよ……」

「でも――私そんな事少しも嬉しくも名誉だとも存じません――私は先生、反抗心の強い女の子なのですわ、私は今の悲しい生活がほんとにいやでならないのです！」

「えっ、今の悲しい生活、まゆみさん。では貴女は此のお邸での生活は大変悲しくて不満足だと仰しゃるのですか――」

純子はまったく呆れ果ててしまった。

「先生、こんなにお優しくして下さるのにごめん下さい――私は自尊心が有り過ぎる少女なのですわ――人の慈善の対象物になって、こうしてお世話になって食客の生活をして暮すのがはずかしくって悲しくって仕方がないのですもの――先生、生意気な私を許して下さい！」

まゆみはとうとう泣き出してしまった。こんなに泣く所を純子にありありとまゆみが見せたのは始めてであった。

「まゆみさん、それは貴女の恐ろしいひがみですよ、貴女方姉弟をだれが犬や猫のように卑《いや》しめてお邸に置きますか、けっしてそんな事はないでしょう、男爵未亡人も「あの御姉弟はきっと相当の御両親を持って居たお子さん達でしょう」と仰しゃっていらっしゃるんです。そして貴女方の此のお邸で勉強していらっしゃれる事は慈善の為というよりは皆神様の思召《おぼしめ》しです、神様は一羽の雀さえお見すてにはならないと聖書に書いてございましょう、まして人間の子をどうしておすてになるでしょう、必らずその子達を救って仕合わせになさる様に道を開いて下すったのですよ、――貴女はそれ以上何も考えずに勉強して居て下さい。そして大人にお成りになったら、其の時何もかもおわかりになるでしょう。きっと……」

純子は熱心に説いた。

「神様ですって？――先生、私はもう神への信仰はすてましたの、だって――去年汽車の中でお母様がお亡なりになった時、私の信じて居た神様も死んでしまったのですもの――あの時私思いましたの、もしほんとに此の世に神様がいらっしゃるのなら、どうしてあんなに酷《むご》たらしく私共二人の姉弟からただ一人の母様をお取り上げになる筈はございませんもの――神は愛なり――そんな言葉が皆嘘だったのを私はっきりわかりましたわ――」

まゆみの冷たく黒耀石の如き瞳は今「神」へさえ憎しみの光を投げて居るかの様だった。

「まあ……貴女は――」

純子はもう何んと言っていいか――此の少女に教える言葉さえなくなってしまった。――けれども考えれば、父もなくなり母一人を頼りの姉弟から、その母さえ汽車の中で不意に病死して、二羽の小雀のように取り残されてしまった時の悲しいやるせなさから――神への信仰を見すててしまい度くなるのも、まゆみの烈しい勝気の性質からは無理ならぬ事だと思えた。

「そう――まゆみさん、それほどに今貴女が思い詰《つ》めていらっしゃる時、逆らって何を言ってもかえって貴女の反抗心を燃やすばかりかも知れませんから――私は何も申しませんわ。それより今から一年経ち二年経つうち貴女の胸へ又神を呼ぶ気持が立ち帰ってまいりましょう、それまでの時を私は待ちましょう、貴女方御姉弟が世にただ二人の孤児となって父の手も母の手も離れて他人の愛情の中に生きて育っていらっしゃる事が、やはり後々で神様が深い思召しの上で一つの運命をお与えになったのだとわかって戴ける其の時まで私は静に貴女を見守って待ちましょう――」

純子は淋し気にうなだれた。

「先生！　私をどうぞ憎まないで下さいませ……私は、私は神様をすてても先生の御恩だけは忘れません。私は私は神様も誰も信じられない哀れな子です。ただ此の世で頼りになるのは自分だけだと思っている寂しい子なんです――私だって信じられるものなら神様だって人だって誰でも何んでも信じて安心し度いのですけれども――けれども、私の心は――やはり駄目なのです……」

まゆみはこう言うや烈しくすすり泣いた。人に涙を見せる事を恥の如くに思って居た此の強い少女がかくも涙を惜しみなく見せて悲しみつつも、なお信じ得ぬ自らの悲しみに打たれて悩む姿を見ると、ああ何んと云う不幸なほどあまり聡明な鋭い気性を享《う》けて世に出た少女だろう……と純子は憎むどころか、かえって愛惜の心がまさって行くのだった。

「まゆみさん、ええよく貴女の心はわかって居ます、私は貴女を憎みなど決して致しません。貴女が私を見すててしまっても、私は貴女を見すてはしません。私は天から授かった妹だと思って貴女にいつも対して居るのですから――私が神の愛もそして又人間の愛情をもどんなに信じて居るか――もう少し貴女が年齢をお重ねになったら私はよく自分の若い十八九の頃に在った物語りと、その時からいまだに人間の一つの愛をも信じて生きて居る事をよくお話ししましょうね……」

純子はそう言いながら仄に涙ぐんだ——それは彼女の在りし日の自分の十八九の折の或る姿を今思い出して追憶の涙を湧かせたのであろう……

「さあ——もうお部屋へ帰って静におやすみなさいね——」

純子はまゆみの背を撫でて、彼女をその部屋の寝台の上に送って行った。

部屋の窓のうすいカーテンを透して、五月の新月が佳き人の眉の如く淡く匂って居た。

崇拝者

「綾子さん、まゆみさんて大変な方なんですってね——」

利栄子はその頃の或る日綾子の顔を学校で見ると、いきなり言い出した。

「えっ——何が大変って仰しゃるの？」

「あら、御存じでしょう、私ちゃんともう伺いましたわ、あの章一って弟のひとを珠彦様が可愛想にお思いになってお部屋で時々あの子の出来ない算術を見ておやりになったら、まゆみさんが身の程知らずの失礼な事を申し上げたのですって……」

利栄子は世界的大事件でも伝える様な表情で話す。

「まあ——そんな私の家の中の事までどうして直ぐおわかりになりますの？」

綾子は何よりそれが不思議でならなかった。

「ホホホホ、だって、お宅のあの槇乃って女中頭のひと——あのひとが先日私の母にそう申したんですって——」

「まあ——槇乃が……」

　綾子は何んの必要があって口軽くそんなよけいなまゆみについての報告をいちいち利栄子の母に槇乃がするのか――妙だった、そしてまゆみの為にも気の毒で又自分も不愉快だった。

「私伺って呆れてしまいましたわ、だってもともと孤児のくせに、やっとお宅の御情けで救われて此の学校へまで通わせて貰いながらそんなにいばるなんて、ずいぶん失礼な人ねえ――卑しい身分の者は食客のくせにそんなにつけ上るんですもの叶いませんわ、われわれ貴族的なデリケートの神経の持主はとてもあんな人と平等に交際出来ないわけでございますわ――」

　利栄子は勝ち誇った様に言う――

「そう――でもデリケートな神経を持つ人達だったら、よそのお家の奉公人の告げ口なぞいちいち御取り上げにならないものですわ」

　綾子はまゆみびいきなので――ひどく利栄子の言葉がいやで、思い切ってそう当てつけてしまった。

「でも――綾子さん、あの槇乃って人はお宅にもう長らく御奉公している忠実な人でしょう、あのひとの言う事なら信用できますわ」

「そう、でも自分の奉公している邸の出来事をよそのお宅へすぐお知らせする様な者、どうして忠実でしょう、私そう思えませんのよ――」

綾子は槇乃が憎らしかった。

「だって——やはりお宅の為を思って、まゆみさんの我儘なのが腹が立ったあまりだと思いますわ」

利栄子は自分達に忠実な味方の槇乃を弁解した。

「ええ、まゆみさんはよく人に誤解される方らしいのよ——でも、それはあの方の生い立ちや個性を察して同情してあげねばならないって、蔦村先生もよく仰しゃいますの、まゆみさんは人にはあまり愛されない損な方ですけれども、心の奥は賢こくて正しい少女ですもの——私はなおさらあの方にはよくしてあげ度いと思って居ますのよ」

「まあ、あの方をよく思う方は、失礼ながら此の世の中に——綾子さんと、それからお宅の家庭教師の蔦村さんと二人だけですわ、天にも地にも——級の方達だって、いくらまゆみさんが学課がよくお出来になっても、あの冷たい意地悪な性格はいやだって、人望なんて少しもないじゃあございませんか——」

「でも——利栄子さん。級でも藤倉《ふじくら》さんはまゆみさんをそれはお好きよ、「私ああいう方を崇拝します」っていつか仰しゃってもいらっしたでしょう——」

綾子はまゆみを自分同様、いな自分よりもひどく大好きな友達の一人居るのを思い出して利栄子の前で負けて居なかった。

「おお、いやだ、藤倉さんなんて——あんな文学少女がまゆみさんを崇拝したって仕方がございませんわ、あの方学校の御勉強そっちのけで小説ばかり読んでらっして不良よ――それに雑誌によく投書なさるんですって、雑誌に投書するなぞ、良家の令嬢の致す事ではございませんわッ」

まゆみに反感を持つ利栄子はまゆみを好きな人のことまで悪く言わずにはおかなかった。

「ホホホホホ、そんな悪口仰しゃると聞こえますわ、そら藤倉さんがこちらへいらっしゃるんじゃあございませんか……」

綾子が笑いながら注意した――見ると藤倉篤子《あつこ》が二人の話している前方を横切って行こうとするのだった。

「聞えたってかまいませんわ、あんな不良ッ――」

利栄子は篤子なんかに負けては居ないという風で恐れる風もなく――そう言ったが、でもさすがにきまり悪気にそこを離れ去ってしまった。

「ホホホホホ」

綾子はおかしいので笑いながら利栄子の去る後姿を見送って居たが――

「藤倉さん――」

と綾子は呼び止めた。

「えっ、何か御用――」

篤子はきょとんと眼を見張った——彼女は綾子や利栄子にくらべれば、その美しさは下るけれども上品な熱情的な円い眼をしたおっとりした少女だった、そして利栄子や外の少女にくらべては又ひどくおしゃれの反対だった。帽子のかぶり方なんてぞんざいで鏡も見ずいいかげんに冠るのだし、靴下の後の縫合せの筋が曲ったまま平気で居たり、オーバーの両のポケットなぞスマートな人は決してものを入れないで飾りにして置くのに、此の人は読みかけの雑誌だの、鼻かみの半巾《ハンカチ》だの何んでもくしゃくしゃ詰めこんでまるで袋みたいにポケットをふくらましていた、いつかそのポケットからシネマのプログラムが七枚も重なって落ちたというので評判だった。

いったい小説を熟読したりシネマへ度々行くのは此の学校の風習として決して善良ならぬ生徒にされたから、その点確に不良扱いの注意人物に先生方面にはされて居るらしかった……。

その篤子が今綾子に呼び止められて、きょとんとした風で立ち停った。

「別に用じゃあございませんけれど……ホホホホホ黙ってお通りになるから——」

綾子が言うと、

「ええ、だって今貴女あんな俗物とお話していらっしゃったから私敬遠して通ろうとしたのですわ」

篤子はずけずけものを言って微笑んだ。

「ホッ、俗物ってあの利栄子さんのこと――」

綾子は笑った。

「はい《オーウイ》、その通りです《セスーラー》、マドマアゼル！」

篤子は澄し込んでいた。

「ホホホホホ」

綾子はおかしくって仕方なかった、利栄子の方では篤子を不良と言い、篤子は又利栄子を俗物と言うのだし――でも綾子も心ではひそかに、利栄子さんも確に少し俗物かも知れないわと思ってしまった。

「藤倉さん――じゃああの司まゆみさんは何《な》に？」

綾子がからかう様に問うと、篤子は大真面目で――

「彼女は私の「崇拝者」ですわ！」

と答えた。

「ホホホホホ、じゃあ貴女何故その崇拝者のまゆみさんにもっとお近づきにならないの？」

綾子は篤子が割にまゆみに近づいてなれなれしくしないのを不思議がった。

「そんな事仰しゃれば綾子さん、貴女も少し俗物のお仲間よ――あのまゆみさんはそんなに近づかないで遠くで眺めて居ればいい人なんですもの――好きだからって何も私むやみにあの人を特製のお友達にしようなんて思いませんわ、それにあの人もけっして人を親しく許さない性質でしょう――だからなお私大好き――私ね、誰とでも彼とでもすぐ仲よしらしくなって、そのくせ少しもまごころは誰にももてない人なんて大嫌い！」

篤子はこう言うとさっさと行ってしまった。綾子は一人後に残されて、しょんぼりした、――誰とでも彼とでもすぐ仲よしになって、そのくせ少しもまごころを持たない人なんて私大嫌い！――篤子のこう言った言葉が気のせいか、鋭い銀の針のように綾子の優しい胸を心臓をつらぬいた様に感じた。

そう言えば私はまゆみさんが自分の家へ来てからすぐ仲よしになり、又利栄子とも友達の仲だし――そして二人は反対の人だのに、その両方の友達で――そしてまごころを誰にも持たないのかしら……綾子は考えてしまった。私もっともっとあのまゆみさんの立場の為に善い強い味方になってあげなければ猶《なお》いけないのだわ――綾子はうなずいた。

×　　×　　×

その翌月の「麗女界」と言う少女向きの雑誌の投書欄の「我が校の誇」というところに、こんな一つの投書が掲載された。

未知の宝石

東京聖マリア女学院――夕星《ゆうずつ》――

明るい仇気ないお嬢様のシンボルみたいな紅石《ルビー》だの、つんと取り澄して気取ったスマートな貴族的な緑石《サフイヤ》だの、父君の財産をお鼻にかけて自動車に乗り廻して貧乏人を犬猫と思って高ぶる成金娘のようなダイヤモンドだの、未来は外交官の夫人を眼ざして仏蘭西語とピアノに夢中で御勉強の功名心の烈しい光のオパールだの――そうした数々の宝石に譬えるにふさわしい方達は私の学校にいっぱい満員です。けれども此の春の新学期から突然不思議な一つの宝石が飛び込みました。それはMさんです、彼女を宝石に譬えるなら、それは私ども未だ知らざりし名を知らぬ宝石です、それは黒く輝やき冷たくて底知れぬ神秘な石でございます。

この宝石はあまりに強い個性の光を持つ為に甘い優しいお嬢様達の気に召さないで孤独ですけれどもその石は何んと智恵深くあるでしょう、そして音楽の才において――この石の唄う時――外の平凡な宝石の光は消えてしまいます、未知の宝石はやがてますます磨かれてゆくでしょう、千人に一人の不可思議な少女ですもの――この宝石こそは校の誇り級の光です――私はMさんへ尊敬の思いをもって、未だ知られざる一つの宝石の前途を祝福いたします。

此の投書を発見した人達から級へ賑やかに伝わって一時は大さわぎだった。

「夕星って、どうせ藤倉さんですわ」

「ずいぶん失礼ね、私達を皆侮辱していらっしゃるのよ」

「そうですわ、そして一人のMさんって方を持ち上げる為に——ひどいこと」

「どうせ、私達は平凡な宝石でございますわ」

一同大憤慨！

そこで紅石《ルビー》だの緑石《サファイヤ》だのダイヤモンドだのオパールだの宝石大会を開いて、一同白い眼をして藤倉さんを恐ろしい異端者扱いをした。

「Mさんていったいだあれ？」

「まあ、わからない方、きまって居ますわ、新学期から現れた方ってのはあの司まゆみさんお一人よ！」

「まあ、そう、まゆみさんが未知の宝石——それじゃ、それをお書きになった藤倉さんはいったい何んの宝石——」

「夕星の清き自然の光ってわけなのでしょう——いやな人！　あんないつでもポケットに屑籠みたいにふくらましていらっしゃるくせに！」

こう憎らし気に言ったのは利栄子だった、どうやら彼女はダイヤモンドらしく、ひどく怒ってしまって居たので……。

朝駒

六月の始めの日曜日の朝だった。

辻家の庭に方《あた》って勇ましい馬の断《いな》なく声が響いた。

「あっ、姉さんお馬よ、ね、馬でしょう」

章一が朝の珈琲《コーヒー》を飲みさしたまま馳け出しそうにした。

その朝、まゆみの上手に手馴れた淹れ方の仏蘭西風のおいしい珈琲に焼パン《トースト》で日曜のゆっくりとした朝御飯を純子と姉弟が三人ですまして居る時だった。

「そう……」

まゆみは冷淡に聞きながして居た。

「珠彦様のお馬が来たのでしょう」

純子が言った。

「珠彦様がお馬を買ったの——」

章一が眼を光らせた、章一も少年の常で馬は好きなのだ。

「ええ、お身体がお弱いから馬に乗るお稽古を運動の為していらっしたのですよ。そして今度馬を一匹福島の牧場からお買いになったのですよ、お裏の方に馬小屋が新しく建てられたのですもの――」

純子が教えた。

「珠彦様騎兵のようにお馬に乗るの上手？　先生」

章一は仇気なく聞いた。

「さあ……どうでしょう、きっとそうまだ、お上手ではないかも知れませんね」

純子の言う通り、珠彦の乗馬の腕前はまだ確に上達と言われるほどではなかった。ただ少しは一人で乗り歩ける様になったので、早速母夫人が馬を飼っておやりになったのだから……。

「そう――先生、僕のお姉様は馬に乗るのとても上手よゥ」

章一が無邪気に自慢してしまった。

「いやな章ちゃん、そんなよけいな事言って――」

まゆみはいやがった。

「だって、お姉様は小さい時からお父様と一緒にお馬に乗ってハルピンの公園を走ったってお母様も言っていらっしったんだもの――」

章一は姉の乗馬の上手さをますます保証し始めた。

「そうですか、まゆみさん乗馬もお出来になるの？」

純子に問われて彼女はかすかにうなずいた。

「ええ、お父様が馬がお好きでしたから――」

「先生、僕だって、あの僕だっておン馬に乗れるのよゥ」

章一は純子の膝をゆすぶって自分も馬に乗れるのを認めて貰いたかった。

「章ちゃんの乗れるのは大きな馬ではなくて驢馬《ろば》ですわ」

まゆみが笑って訂正した。

「驢馬だって馬よ、ね先生」

章一は不服な顔つきをした。

「ホホホホホ、確に馬ですよ」

純子は笑った。

広い庭園の方から又馬の嘶きは初夏の朝風をふるわして、さわやかに響いて来た。

「僕おン馬みたいなあ――」

章一は窓にすがった。

「ではお庭に出て見ましょう、珠彦様が乗っていらっしゃるのでしょう、章ちゃんも乗せてお貰いなさいな」

純子は章一を連れて出ようとした。

「でも……珠彦様――僕を乗せて下さるかなあ――」

章一は心配そうな顔つきだった、此頃珠彦の様子が以前のように優しくないのが子供心にもよくわかって居たから……。

「まゆみさんも御一緒にお庭に出てごらんなさい」

純子にすすめられても、まゆみは出たがらなかった。

「私――学校の勉強を少ししておき度いんですけれど……」

「日曜日は安息日でしょう――お休みなさいな」

――純子の言葉の前には、まゆみは絶対に素直だった。

「まゆみさん！」

窓の外から綾子の声がした。彼女も今朝はスポーツ風の姿でいそいそと走ってまゆみ達の住居へやって来たのだ。「貴女も章ちゃんもいらっしゃいな、お兄様のお馬が今日来ましたのよ、利口ないい馬なんですって、でもまだ若いので少し荒れ馬なのよ、上手に乗りこなせば大変いい馬になりますって――でもお兄様がまだお上手でないから馬が言う事をききませんのよ、お兄様大弱り、面白いから来てごらんなさい」

「綾子様、僕、僕もおン馬に乗れるのよゥ――でも……」

章一は靴を履いて早くも外に飛び出した。

「ホ……でも――何なの？　章ちゃん」

綾子が章一の手を引いて問うと、

「あのね、ないしょの話――」

と章一は綾子の耳の傍へ口をもって行こうと脊のびした。

「なあに？　どんなないしょ話？」

綾子がかがんで章一の顔へ耳を近づけると、章一は小さい声で少しはずかしそうに、

「あのゥねェ、僕の乗れるのは驢馬なの！」

「ホホホ」

綾子はふき出した。

「だって、章ちゃんまだ小さい人なんですもの、驢馬が丁度いいおン馬でしょう」

「ええ、そうなの、それからまだないしょ話があるの――」

「そう、なあに？　きかせて頂戴な」

綾子がまた章一の口許《くちもと》に耳をよせた。

「姉さんはねえ――」

と章一が囁やき始めた時、まゆみが仕度して純子と一緒に出かけて来た、その姉の姿を見ると章一は綾子へのないしょ話を中止した。

「姉さんに叱られるから――ないしょ話ですよ、姉さんは馬に上手に乗れるのですよ、ほんとう」

章一は口早く綾子に告げてしまった。さっきも純子の前でまゆみの馬に乗れる事を言いだしてしまった時、姉が不機嫌だったので、章一はないしょ話で綾子にそっと教えたのである。

「あら、そう、まゆみさんも——」

綾子はうなずいた。

「章ちゃん、又何を小さい声でおしゃべりをしたの？」

まゆみが弟を見た、章一は「ううん、なんにも」と言った風に首をふって、知らん顔した。

「ええ、章ちゃんが驢馬に乗れる御自慢を伺ったのよ、それだけ何もおしゃべりなさらないことよ——」

綾子も章一から聞いたのは秘密にしてしまった。

四人打ち揃って裏庭へ出て見ると、新しく建てられた馬小屋の前に一匹の若い馬に鞍《くら》を置いて珠彦が乗って居る、馬は若く勇し過ぎて、なかなか主人の言う事をきかず、ややもすれば振り落そうとする、馬と一緒に傭われた馬丁《ばてい》が心配そうに轡《くつわ》を取ってはらはらして居る。

「ねえ、ずいぶん活潑《かっぱつ》すぎる馬でしょう、でもそれは悧口《りこう》なんですって、どこかへ乗って行ってそこで乗りすてても、ちゃあんと元来た道をひとりで帰って来る馬なんですって――」

綾子がその馬の悧口さを説明した。しかしそのお悧口な馬は珠彦を大波にゆられる小舟のように苦しめ荒れぬいて居る。

「そうですか、日露戦争の時にも主人が戦場で敵弾に当って戦死した時、馬だけ主人のかたみの軍帽を口にくわえて、悲し気に陣営に戻ったってお話がありますから、善い馬はそんなに悧口なのでしょうねえ」

純子は馬の悧口さに感服した。しかし乗り手の珠彦が馬にも落されそうなのには感服出来なかった。

「いいおン馬だなあ――」

章一はわかりもしないのに、こんな生意気を可愛く言って嬉し気に眺めて居た、驢馬だったら僕も乗れるのにと言わぬばかりの顔つきで……。

「あの馬に名前がつきましたのよ、お兄様がおつけになったの、朝駒《あさごま》って……」

綾子は馬の名を皆におひろめした。

「朝駒――いい名だなあ」

章一が又おしゃまを言って笑わせた。

その時、朝駒は何に驚ろいたのか、一声高く嘶なくや天へ馳けるが如く走り出した。庭の立木も芝生も踏みにじる勢いで裏庭から表の庭へ走り出した、珠彦が額に汗を流して必死と手綱を引き締めても、馬は言うことをきかなかった。

「お兄様、あぶない！　早くお降り遊せよ」

綾子ははらはらして声をかけたが珠彦は妹やまゆみの見ている前で馬にかじりつく醜態を見せるのもいやだったし、又素早く降りる事も出来得ず、今は運命を馬にまかせるより仕方のない有様だった。

表庭を荒れまわった馬は再び非常な勢いで裏庭へ戻り鬣《たてがみ》を顫《ふる》わせて猛《たけ》り立って荒れた。

「お兄様あぶないわ！」

綾子が兄を気づかって一歩二歩っと思わず走りよって声をかけると、馬の前脚は此の時宙に浮いて、あっと言う間に綾子をその場に蹴《け》り倒そうとした。その恐ろしい瞬間馬上の珠彦には止める手段がなかった。真蒼《まつさお》になって後から馬丁が引き止めに廻ろうとするのも間に合わない――その時まゆみは我を忘れた様につと飛ぶが如く朝駒の前に立つや、その猛り立つ首の上波打つ鬣に手をかけて轡を引き下げて、トットットッと――馬体を押し止めた。馬に馴れ切った一少女の力は微妙に荒馬を押えて前脚は地に馬は後じさりをおとなしくした――かくて綾子は完全に救われたのだった。

どうなる事かと息も詰る思いだった純子はほっとした。

「万歳！」

章一が両手をあげて姉を祝った。

馬上の珠彦は面目なさそうに、すごすごと馬を無言で降りた。

「綾子むやみと馬に近づいてはいけないよ」

彼は兄らしく妹を叱ってから――いかにも口惜し気に、しかし、此の場合どうしても礼儀を守らねばならぬ立場から――彼はまゆみの前に首をさげた。

「ありがとう、お蔭で綾子は助けて戴けたのです」

そう言う彼の眼には、まゆみに対して「恐る可き少女よ！」と呼びかける尊敬と驚ろきの色が静に浮かんで居た。

「お嬢様はよっぽど馬には馴れていらっしゃいますね、お嬢様なら此の馬だって言う事をききますよ――」

馬丁が驚ろいた様にまゆみに言った。

「まゆみさん、ありがとう、私もう少しで馬に蹴られて大怪我をするところでしたわ、ね、まゆみさん、この馬にお乗りになってよく馴らしてやって下さいな」

綾子はそう言って、兄をおかしそうに見返って、

「ねえ、お兄様このお馬はお兄様には少し強すぎる馬ですわ、まゆみさんに差し上げておしまいなさるといいわ！」

綾子はあんなに心配させた兄を一寸うらんで言った。

「珠彦様、驢馬ならおとなしくって、いいんですよォ」

章一が親切に珠彦に忠告したので、純子も綾子もまゆみも馬丁までふき出してしまった。

「いや、さんざん馬鹿にされちまったなあ」

珠彦は汗をふきながら苦笑した。

「若様、その様な乱暴な馬はお返しになって、おとなしい善い馬とお取り代えになる方がよろしいではございませんか」

こう声をかけたのは、いつの間にか此の乗馬の騒ぎを見に来て居た槇乃だった。

「なあに、今に僕が上手に乗りこなせば、これがなかなかいい馬になるのさ——馬が悪いんではないよ、乗手の僕が悪いんだ」

珠彦はこう言って、その朝駒を見つめた。

「ええ、きっとそうですわ、お兄様が御上達になれば、馬だって言う事をききますわ——ですからまゆみ様、ためしに乗ってごらんにならない、貴女の言う事なら此の馬はさっきの様にすぐおとなしくされてしまうのですもの——」

綾子はしきりとまゆみをうながした。

「では乗って見ましょうか——でも此の馬を私拝借出来ましょうか?」

まゆみは朝駒の鬣を手で撫でつつ——ためらった——彼女の胸の中には、過ぎし日のハルピンでの楽しかった生活が思い出された。亡き父と馬をならべて、アカシヤやポプラの若葉匂う公園の馬路《うまみち》を走った日の追憶が——そして久しぶりで接した馬の鬣の感触が彼女を誘なうのだった。

「ええ——よろしいでしょうお兄様——まゆみさんに朝駒をお貸し遊せな」

綾子はまゆみが兄へ遠慮しているのを知って、兄にすすめた。

「ええ、どうぞ乗って見て下さい」

珠彦はまゆみの馬の手ぎわを見たがった。

「まゆみさん、こんな荒馬に乗ってもし振り落とされたらどうなさいます、医者よ薬よと御邸内は大迷惑を致しますよ」

槇乃が飛んでもない、おてんばを——と云った調子で眉をひそめた。

「大丈夫ですよ、僕の姉さんは馬は上手に乗れるんです!」

章一は小さい肩を怒らせた。

——何を此の小坊主奴が——と槇乃はいまいましそうに横を向いた。

「まゆみさん、お乗りなさいな——」

純子はまゆみへ決断力を与え様とした。

「では——私一寸服を着更えてまいります、でも——あの乗馬服もう小さくなったか知れませんけれど……」

まゆみはこう言うと走り出した。

彼女のトランクの中には、父と共に馬に乗った頃の古い乗馬服が昔の夢を秘めてしまってあるのだった、もう一度馬に乗って青葉の下を走れる生活が出来るかどうか——それは再びは望めぬ夢であるかも知れないと思いつつも、すてかねた乗馬服だった。

それを今日久しぶりでまゆみは身につけた。

裏庭で綾子も珠彦も章一も純子も槇乃も彼女が現れるのを待ち受けていた、——そこへ彼女は走り帰って来た。

黒の山高《やまたか》の鍔《つば》のかたい乗馬帽子に襟に赤いネクタイ、黒の上着に白いズボンに赤革の長靴、小さい銀の拍車が光って——そして白革の手袋の手に一本の細い鞭《むち》を持って、今彼女は颯爽として胸高く歩いて来た。

「あら乗馬服って私好きになったわ——」

綾子はまゆみの今まで着たどの服よりも気に入ってしまった、ほんとに眉の凜々しいややきつ目の感じのするまゆみに其の服はよく似合って居た。

久しぶりで姉の乗馬の姿を見て章一は崇拝する女王の出現した様に喜こんで走りよった。

「姉さん、うまく乗って見せてね、ハルピンで乗った様に上手にね」

章一はもしかして姉が馬の乗り方を忘れてはたいへんだとばかりに傍で声援した。

「お嬢様さあ——」

馬丁が朝駒を彼女の前へトットッと連れて行こうとすると、まゆみは首を振って。

「いいえ、ひとりで大丈夫ですわ」

と馬丁の付くのを断った。

あやぶみながら馬丁が轡を握って居たのを離すと、朝駒はここぞとばかり、ヒンン……と強く嘶いて空に鬣をゆるがせて跳ね上った。

「おお、あぶないあぶない」槇乃は仰山《ぎようさん》に地震か津波が襲って来た如く慌てて逃げ出した。

まゆみはぱっと朝駒の脊の鞍に手をかけるや、すばやく鐙《あぶみ》に長靴の片足をかけた。リリリと銀の拍車が鳴るよと見るや、もう彼女の姿は馬上だった。手綱はきりりと引き締められ、一鞭さっと振るや朝駒は足並揃えて、蹄《ひづめ》の音高く走り出した――中程で手綱がゆるまると馬はおとなしく静にトットッと歩いてゆく、馬上の美しい少女の意の如く今はさすがの若い荒馬も自由自在に乗り手の心のままに従順だった。

「うまい！　僕はとても叶わないや」

珠彦は我を忘れて讃嘆した。

まゆみが表庭への芝生の間の小路を静に馬を歩ませて居る姿を邸内の縁先から由紀子夫人は見つめて居られた。

馬上のまゆみは今自分が東京の辻家の庭園を馬に乗って歩いて居る事すら忘れ果てて

居た。彼女の胸には在りし日のハルピンで送った少女の日の記憶がありありと浮かび上がった。自分の馬にならんで父の乗った馬もある如く蹄の音は四つならんで八つに響いた。そして公園の森蔭のベンチに母が章一と楽しそうに父と娘の馬上の姿を見つめて居る様に思えた。その夢をのせてゆられる馬の上――まゆみは邸内に引き取られてから始めての、しばしの楽しい夢心地に酔うた。そのまゆみの馬上の姿を遠くから見て居られる由紀子夫人の姿がまゆみの眼にふと止った時、彼女はにっこり笑った顔を向けた――由紀子夫人がその時亡なった母が今公園に立って自分を見つめて居て呉れる幻影のように思えたのだった――

「まゆみさん！」

由紀子夫人は、まゆみから始めて心からおっとりと親し気に微笑んで見せた笑顔を向けられて吃驚した様に声をかけた。

その声で――まゆみの馬上の夢は醒めた――母ではない。男爵未亡人だった。そして此処はハルピンの公園ではない。東京の他人の家だ。自分は弟と共に救われた食客の身分だ――馬は若い男爵のもの――ああ……何もかも現実はこんなに昔とちがって居たのだった――まゆみは俄《にわか》に首うなだれた。そして一鞭馬に加えるや颯と走らせて邸のまわりを一周――裏の馬小屋の前へ戻った。

パチパチと拍手の音がした。純子や綾子や珠彦の見物が手を拍《う》って上手な美事な乗手のまゆみを仰ぎ見て居るのだった。

まゆみがひらりと馬を下りて馬丁に渡すと、章一は姉の手にすがった。

「うまいなア、姉さんは」

彼は嬉し気にはしゃいだ。珠彦は近よった。

「いい馬でしょう、僕も貴女に負けずに大いに練習しますよ、此の夏は伊香保《いかほ》へ行って、あすこで馬に乗りましょう、朝駒も伊香保へ連れて行ってみんなで馬で榛名山《はるなさん》へ登りましょう」

彼は上機嫌で——いつか章一に算術を教えて居る時、まゆみの言った一言に腹を立てて以来の妙な感情のわだかまりをすっかり忘れてしまった様だった。

「伊香保に驢馬が居ないと僕困るなあ……」

章一は可愛ゆい眼をパチパチさせて心配した。

「ハッ……子供の乗る驢馬もたくさん居るから章ちゃんはそれへ乗るといいさ」

珠彦はこれも久しぶりで章一に肩に手をかけてやった。

「早く夏休みになるといいなあ」

章一は大よろこびだった、

「お兄様、私もお母様にお願いして馬のお稽古させて戴きますわ、そしてまゆみさんのような乗馬服つくって戴きましょう」

綾子も其の日から乗馬組に加入し度くなった。

「ああ、まゆみさんに馬を教えて貰うといいね、しかし、綾さんはきっと乗馬服だけ欲しいのだろう、乗る事はたぶん怠けるだろうなあ」

珠彦は笑った。

「まあ、ひどいお兄様——私そんな虚栄心で服を作るのじゃございませんわ、ね、まゆみさんどうぞよく教えて頂戴、そしてあんな憎らしい事を仰しゃるお兄様より馬が上手になる様に仕込んで下さいな」

綾子はまゆみの乗馬のお弟子を望んだ。

「ええ、毎日でもお稽古のお相手をいたします」

まゆみは馬上でしばし酔うあの昔への夢を忘れかねて、馬なら毎日でも乗る気になった、朝駒が邸内に飼われて、珠彦姉弟とまゆみとの親しさをつないで行くだろう——と思った純子は安心した。

まゆみは章一の手を引いて自分達の小さい巣の部屋へ帰った。純子も其の後を追った。

まゆみは乗馬服をすぐ着更えた。

「まゆみさん、其の服は貴女によく似合いますね、ハルピンでお作りになったの？」

純子が聞くと、

「ええ、でももう丈が小さくなりました、きつくて着られなくなりますわ、だって私が大きくなって行くのですもの――」

まゆみは寂し気に古い小さくなった乗馬服を畳んだ。

「そう――夏休みまでに私が新しい乗馬服を贈物にしましょうね」

まゆみが今畳んだ服を入れにトランクを開けるのを見て、ふと純子は彼等姉弟が母と共に乗って居た汽車中から持って居た、いわば彼等姉弟の全財産たる此の三つの鞄の中をまだ覗いた事のないのを思った。彼等姉弟の衣類や其他はいったいどんなものが入れてあるのだろう――もしかしたら姉弟の身許の想像させるようなものでも入って居たらいいのに――しかし、自分の胸をけっして素直に打ち明けないまゆみは、この鞄を純子の前でみんな引くり返して開け放った事もないのだ、或はただ衣類ばかり入って居るにすぎないのかも知れない――純子はまゆみが示すまでその鞄の中に望む好奇心は持ってはいけないと思った。

「疲れたでしょう、お昼まで休んでいらっしゃい」

純子がそう言って立ち去る時、

「先生、あの新聞を見たいんですけれど……」

まゆみが呼び止めた。

「ええ、ごらんなさい、私の部屋にありますから取りにいらっしゃい」

まゆみはいそいそと純子の部屋へ行き、一束の綴じた新聞を抱えて我が部屋へ入るや、扉をかたく閉めて内から鍵をかけた、どこまでも秘密に自分のする事をかくしたがる少女なのか――

まゆみがそして拡げた新聞の幾枚幾枚はどれも求人広告欄であった。

――タイピスト二名至急求ムとか女店員募集とか――女子事務員一名入用とか――そうした小さい広告を丹念に彼女は読んでいった。そして、其のたいていが、市内に確実なる保証人を要すと注意してあるのだ――はたと行き詰った様にまゆみはもの悲し気に思いに沈むのだった。

利栄子は息せき学校から帰ると、さも一大事件でも突発した様に母のお鉄の居間へ馳け込んだ。

「お母様、たいへんよ、あのお馬が始まったんですって！」

「えっ、馬が始まった、何んです、いったいそれは？」

お鉄は可愛いい可愛いい我が娘のひどい慌て方に、これも亦《また》慌て込んで問い返した。

「ああ、じれったい、馬は馬よ！」

利栄子はじれた。

「だって、お前母さんは昔の女学校を出たんでそう頭がよくないんだから、わかるようにゆっくりお話をしてお呉れよ、え」

娘に叱られて居る様に甘い母親は利栄子の御機嫌を取る位だった。

「あのウね、辻様のお宅では此の間から朝駒って馬をお飼いになって、珠彦様も綾子さんもすっかり乗馬ファンにおなりになって、毎日学校で馬のお話をなさるのよ」

利栄子の説明にやっと馬の話のわかったお鉄は、

「何んだい、そんな事かい」

と言わぬばかりに落ち着き払って、

「そんなら家でも負けずに馬でも牛でも飼ってあげるよ、上等な馬ってどの位するものかね」

万事人生はお金さえあれば望みが叶うと思って居るお鉄は呑気だった。

「お母様ったら、だって駄目《だめ》よ、いくら馬ばかり買ったって、その馬に上手に乗れるようにならなければ、指輪や時計とちがって、馬は買って飾りにして置くもんじゃないわ」

利栄子が又母を叱った。

「そう、そうとも、では上手に乗る様にするんだね」

「それがとても大変なのよ、お母様——あのまゆみって子がやはり乗馬の天才なんですって——珠彦様さえよく乗りこなせない馬を立派に乗り切って見せたんですって——それで綾子様がすっかりお気に召して、まゆみさんを馬の先生になすって毎日お稽古していらっしゃるのよ、そして今度の夏休みにはあの伊香保の別荘へ皆様でいらっしゃして、乗馬隊を組んで榛名山へお登りになるって、今から大騒ぎで楽しんでいらっしゃるんですもの――私口惜《くちお》しいわ、もし馬に乗れなかったらいくら、私伊香保へ遊びに行ってもはぐぬけにされるんですもの――」

利栄子は負けすかずで、それが今から心にかかるのである。

「なに、利栄ちゃん、馬でなくったってあの山ならちゃあんとお駕籠《かご》がありますよ、それに乗れば楽に登れます、いつかも母さんは駕籠で登りましたよ」

お鉄は落ち着いて居る。

「いやよ、いやよッ、私――駕籠だなんて旧時代のものにいったい乗れて？　母様、みんなが意気揚々と馬に乗って行く時、利栄子一人エンヤラホウエンヤラホウと駕籠にゆられたりして登るのいやなことだわ――どんなにまゆみさんなんか意地悪く軽蔑しちまうかわかりませんわ」

「それはそうだね、では利栄ちゃんねお馬の稽古をなさい――でも大丈夫かい、もし落馬でもしたらと母さんはただそれが心配で仕方がないのだよ――」

「ええ、それは私もちっと恐ろしいの――でもまゆみさんに負けるのいやですもの、一生懸命でお稽古しますわ」

「そうかい、では今夜にでも早速お父様によく御相談して、おとなしい善い馬をみつけて買って戴き――それから乗馬の先生について、ひとつみっしりお稽古するようにしなくてはねえ――まったくあの孤児のまゆみ達に負けては困るからねえ」

お鉄も娘の乗馬に賛成した。まゆみの出来る事が利栄子に出来ないのは一大恥辱であり、辻家に対する利栄子の印象を悪くすると考えると、どんな事でもさせてやらずには居られないのだった。

「お母様、お父様にお願いして、あの――なるべく人を落さない様な馬を買って戴いて頂戴ね」

利栄子はまことに虫のよい事を言って甘えた。

「そう、そう、それから乗馬服のすてきなの作って下さらなくては――綾子さんが仰しゃったわ、まゆみさんの乗馬服のスタイルとてもよろしいんですって――ですもの――」

「ああ、服は大事だねえ、早速注文しましょうよ――」

――利栄子の乗馬成績はまだわからないが、ともかく彼女の持ち馬とそれからその服だけはひどくすばらしいものが調のえられるに相違《そうい》なかった。

夏休みは近づいて来た、その日が近づくにつれ利栄子は試験も何もそっちのけの熱心さで、ひたすら乗馬の猛練習をした。

短い月日で俄に上手になるのは元より無理な事だった、でも彼女は自分の乗馬を出来るだけ宣伝した。学校で綾子の顔さえ見れば、

「私榛名へ御一緒に登れますわ、馬で――私の馬は仏蘭西語で東風《ヴァン・デ・エスト》ってつけたの

――颪のように早くさわやかに走るんですもの――」

と馬のお自慢だった、でも当《あて》にはならない。もしかしたら、大事な主人をさっさと振り落して東風《こちかぜ》のように走って去ってしまう馬かも知れないし……。

「そう、いいお名前の馬ねえ、利栄子さんのお馬ならきっと綺麗でしょう――では伊香保へお遊びにいらっしゃいね……」

綾子は誰にも公平だから利栄子にも自分達の伊香保の遊び友達に来て貰うつもりだった。

「ええ、伺いますわ、ほんとは鎌倉の別荘へ行くんですけれど、母も暫は伊香保の綾子様のところへも遊びに伺う様にって申して居りますわ、そして榛名へ私きっと馬で御一緒に登っておめにかけますわ」

と利栄子は力んで居た。

「私ね、まだ馬はおぼつかないのよ、まゆみさんに付いて居て戴かないと恐ろしいんですもの――」

綾子は自分の馬乗りの下手さを正直に打ち明けた。

「あら馬なんて少し練習すれば誰だって出来ますわ、何もまゆみさんばかり上手になれるわけではございませんのよ――」利栄子は自信ありげだった。

――そしてもう長い夏休暇《なつやすみ》は眼の前にせまった。そして彼女等一群の乗馬服の少女が伊香保の緑の山に姿を現そうとするのである。

登山

辻家の別荘は伊香保に古くから有った。毎年の夏一家はたいてい此処に避暑するのだった。別荘の建物はまるで明治初年頃の様式の古風な洋館とそれから、一軒の日本建《にほんだて》の家で、もうたいへん古びていた。でも近年湯殿《ゆどの》は改造してタイル張りになり温泉の湯が絶えず落ち込んで来ていた。

由紀子夫人は温泉を愛して度々入浴されたが、外の珠彦兄妹やまゆみ達はそうお湯に入るのを楽しみにするには若過ぎていたから、毎日何かして遊ぶ事を考えて退屈しない用心をした。

まず珠彦達は東京から汽車でわざわざ送った馬の朝駒を中心に乗馬の稽古に汗を流して居た。章一も貸馬の小さい驢馬に一人前に乗れるので大喜びだった。

その別荘へは一家族と女中達と外に家庭教師の純子も、そしてあの女中取締りのような役の老女の槇乃も来て居た。

鎌倉の別荘へ行って居る利栄子が母の許しを得て伊香保へやって来るという知らせの

あったのも、一行が伊香保へ来てから間もなくだった。

「利栄子さんがいらっしったら、みんなで榛名山へ登りましょうね」

綾子が言うと、

「あの人、そんなにもう馬に乗れるの、貸馬に乗って馬子《まご》が手綱を引張って行くんだろう、ハッハハハ」

珠彦は利栄子の馬の乗り方は信用しなかった。

「いいえ、お兄様そんな悪口利栄子さんの前で仰しゃると大変ですわ。だってあの方大変なお馬の御自慢よ、持馬をお買いになって、東風《ヴァン・デ・エスト》とお名付けになってそれはそれは猛練習していらっしゃるんですもの――」

「ふーん」

珠彦はいくら綾子が利栄子の馬の上達の宣伝を正直に受けて告げても冷淡に聞流して居た、――そして利栄子はやがて伊香保へ来た。

彼女は大型のスートケースを三個もかつぎ込んで毎夜取り代え引き替え美しく夏の洋服を着込んだ。勿論そして新調の乗馬服も持参した。但し御自慢の東風《ヴァン・デ・エスト》だけはさすがに運んで来なかった。

その彼女を一番歓迎し、ちやほやするのは槇乃だけだった。

利栄子が到着したので、いよいよ明日は榛名山へ馬で揃って登山しようと話がきまった。孔雀のように振舞い珠彦兄弟にも馴々しく近づき華やかに笑いさざめく利栄子が現れると、まゆみは平常の無口が更に更に沈黙勝ちの少女となってしまった。その中でその二人にいつも公平につきあうのは綾子だった。

そして珠彦は——彼は散歩や食事の時には、妹達の仲間入りをしてお兄さん役をつとめた。しかし、それ以外はいつも別荘内の一つの洋室の中を自分の勉強部屋にきめて其の中へ閉じこもっていた。

利栄子到着の翌朝の好天気を幸いにいよいよ榛名登山が実行された。

槇乃は朝から利栄子の身支度を手伝ってやって、

「利栄子様の歓迎会の代りの皆様の登山なのでございますよ、しっかりとお上手にお馬にお乗り遊ばせよ」

と大いに励ました。

珠彦が朝駒に、外の綾子も利栄子もまゆみも貸馬に、そして章一も小さい驢馬に乗って別荘の門を母夫人や純子達に送られて出た。

まゆみも純子から贈られた新しい乗馬服がよく似合って凜々しかった。

利栄子は日頃宣伝の腕前を見せるは今日ぞとばかりに馬上にそっくり返って居た。

青葉の濃く茂る山路を一人の青年と、そして三人の少女と一人の少年の乗馬隊は道ゆく人々の眼を見張らして目ざましかった。

山路の暑い日盛りの土の上にようくぶよが飛んで居た、ぶよに足を刺《さ》されると馬はヒヒーンと悲鳴をあげて躍り上った。

利栄子の乗った馬も時々ぶよに刺されると悲鳴をあげて、けたたましく跳ね上った。その度にさすがの利栄子も吃驚仰天、思わず誇りをすてて「あれェー」と馬の脊中に獅《し》嚙《がみ》ついて折角のスマートな乗馬服のスタイルを台なしにして醜体を演じてしまうのだった。まゆみは馬が蚊に喰われようが、平然として馬上に姿勢をくずさなかった、そして馬の歩調を揃えていつも一行の先頭に立って導いて居た。

「ああ断然まゆみさんにリードされちまうな」

後に続く馬上から珠彦はこう言って笑って鞭を振った。

「まゆみさん、あまり早くいらっしゃらないで、私の馬の方も時々気をつけて下さいね」

一番後の綾子は気弱くこんな弱音を吐いて皆を笑わせた。

章一は姉のまゆみの後についたり、珠彦の馬の隣に小さい驢馬の頭をちょこなんとならべたりして、一生懸命でくっついて行った、

「湖水が見えた、そら!」

章一が声をあげた。

一行の行く手には海抜千八百十三米《メートル》の山頂に榛名湖が仄に見え初めたのである。

「もう一息だよ」

珠彦は馬の足を早めた。

「湖に着いたらお弁当ね」

章一は少しおなかが空いたらしい——

そして一行は湖畔に——馬をつないで今朝持って出たお弁当を開いたり魔法瓶が出たりした。サンドイッチだの、おすしだの、果物だの——湖上を吹く風はさわやかに馬上に疲れた人達を吹いた。

「お兄様この湖の水綺麗そうね」

綾子が水面を眺めた、湖上にはモーターボートやボートが動いている。

「お兄様、みんなを乗せてボート漕いで下さらない？」

綾子がおねだりしたけれども、珠彦は首を振った。

「今日はごめんよ、馬で疲れて少しまいっているよ——」

「お兄様、やっぱり弱虫ね」

「しかし——もしボートが沈んで誰か湖の主に取られてしまってもいいと云うのなら乗せてあげるよ、どう」

珠彦がからかった。

「湖の主！　珠彦様そんなもの湖に居るの？」

章一が眼を見張った。

「うん、居るんだよ、だからうっかり女の子は舟遊びはさせられないな」

珠彦はいかにも本当らしい顔をわざとさせて見た。

「あら、ほんとうですの、それ迷信でしょう、ホッホホ」

利栄子は湖の主なんて恐ろしくもないと云う華やかな笑い声を立てた。

「迷信ではなくて――あの伝説なのでございましょう」

まゆみが珍らしく言葉を入れた。

「そう、そう、伝説！　いかにも湖畔のロマンチックな宣伝ですよ、その通り！」

珠彦はまゆみの言葉に合せて上機嫌でうなずいた。

「あら、いやだ、ですからますます迷信ですわ、宣伝なんて愚な伝え話でしょう、そんならつまり迷信ですわ、現代の科学で信ずる事の出来ないお話なんですもの――湖に主が居るなんて嘘ですわ、湖に魚は居るかも知れませんけど――」

利栄子は負けては居なかった。

「いいえ、迷信と伝説は性質がちがうと思いますわ」

まゆみも一端自分が言い出したら、そのまますごすご引込む気質ではなかった。

「おや、どうちがいますの、まゆみさん」

利栄子は憎しみと反感を抱いて、まゆみを見つめた。

「迷信というのは、むやみと方角を気にしたり、十三日と金曜日を悪い日として恐れる事などですわ、そして伝説は一種の歴史に似た物語ですわ、少しは嘘でも昔の人の口から口へ伝えた、その土地の昔話なのですもの――」

まゆみは冷たく言い切った。

「ですからつまり迷信ですわ、嘘でもでたらめでも昔のお爺さんやお婆さんの話を信じることなんですもの、ねえ、綾子さん、やっぱり迷信と伝説は同じわけで馬鹿らしいことでしょう、どう綾子さん」

利栄子は今度は綾子に賛成を求めて来た。

綾子は困ってしまった、――迷信と伝説が同じであるか――ちがうものか、生憎学校でもまだ教えては貰わなかったし……

「あの――私達にわからないわね、むずかしくて――その区別、ですから今日帰ってから蔦村先生に教えて戴きましょうよ」

綾子はそれが一番いい方法だと思いついて言った。

「いいえ、蔦村先生にお伺いする必要などございませんわ。だってあの方はどうせまゆみさんの肩をお持ちになるにきまって居ますもの――まゆみさんを助けた方ですもの――」

利栄子の言葉の裏には知らず知らずにまゆみに対する日頃の軽侮《けいぶ》の感じがこもって居た。

まゆみは蒼ざめて唇を噛み締めた、

「利栄子さん、蔦村先生は私共の家庭教師の先生ですもの、ものを教えて下さる時は公平でいらっしゃるわ。大丈夫ですわ、帰ってから伺って見せましょうね」

綾子も純子も利栄子がけなすのは不平だったから、こう言って両方なだめて置く事にした。

「でも帰ってから伺うなんて待ち遠しいじゃございませんの、迷信と伝説と同じか、ちがうか――つまり私の方が負けか、まゆみさんが勝ちか、今すぐ決めてしまいましょうよ。その方がおたがいに気持がいいでしょう――」

利栄子は今すぐ二人の勝ち負けをきめたかった。そしてそう言い出すには十分自分の方に勝ち目の有る事を信じているからである。

「だって、今日はここへは蔦村先生はいらっしゃらないし、誰がそれをきめますの？」

綾子は困った表情をした。

「あら、珠彦様がいらっしゃるじゃあございませんの。この問題は珠彦様に裁判をして戴きましょうよ。迷信と伝説と同じか、ちがうか、珠彦様、はっきり教えて下さいませな」

利栄子は媚びるように珠彦を見上げた。そして珠彦が二人――まゆみと自分のどちらに勝ちを与えるか、利栄子は胸を躍らしてその答を待った。

まゆみもじっと下うつむいたまま、珠彦の唇からもれる一語も聞き逃さじと耳を澄す風だった。しかし——彼女にはもう珠彦の答えぬ前に心は沈んでいた。辻家の食客——そして強情でかたくなな少女の自分が、珠彦にも近づかぬ様にへだてを置く自分と——あの華やかに馴々しく珠彦に近づく利栄子とは比較しても、誰もまゆみに勝ちを譲るより、辻家と親しく交際している国分家の令嬢の方へ肩を持つのが、まず上流社会の社交としても当然の事だから——まゆみはそう思って諦らめて居た。そして迷信と伝説はちがうなどと一寸言い出したままに、とうとう問題を其処まで大きくしてしまった自分の口の災いを悔いる気持になってしまった。

珠彦は利栄子がやっきとなって、とうとう珠彦自身に裁判を頼んで来た時、彼は苦笑して黙って鞭をビュウと二三度宙に振った。

「お兄様!」

綾子が兄を呼んだ。そしてその眼には優しい思いを通わして、——どうぞ此の二人の仲を平和に保つ様な裁判をして下さいね——と切に無言のうちに頼むのであった。けれども珠彦は妹の方を振り向こうともしなかった。

そして——彼は遂に口を切った。

「——僕の考えでは、迷信と伝説とはまゆみさんの言う様にやっぱりちがうと思うな、迷信って奴は近代の人間は信じるのが馬鹿らしい事なんだ、狐の神様なんて信じて油揚げを捧げたって病気は治らないだろう――しかし伝説の方は一種の文学なんだ、昔の人間が生んだ其の土地の挿話《エピソード》なんだ、詩的な点からも我々も一度は耳をかたむけてもいいしねえ――」

珠彦ははっきりこう言った。

もう、言わずともまゆみの勝ちではないか――その時の利栄子の様子がどんなだったか、(読者の方よ御想像あれ！)

そして、まゆみはどうだったか？

彼女は思わず、はっと顔をあげて呆然とした様に珠彦の端麗な横顔を見上げた。

それは、それは、あまりに思いもかけぬ彼女の驚きと、そして何んと言い現わし、又受け取っていいかわからぬ感謝の眼の光が彼女の二つの瞳に溢れた。

「お兄様――もうそれで、迷信も伝説もどうでもいい事にしましょうね」

綾子が其の場の空気を救う様にはらはらして言い出した。

「うん、そんな事は要するにどうでもいいのさ、ハッハハただむやみと利栄子さんが僕に裁判しろというから言っただけなんだ、それよりも肝心の、その此の榛名湖の所謂《いわゆる》伝説をみんなにお話してあげよう」

珠彦が、こう言うと、今まで眼をぱちぱちさせて、メイシンとかデンセツとかの姉と利栄子の争いにわからぬながら心配していた章一が喜び勇んで、

「ああ、うれしいな、そのおハナシ、面白いの？　珠彦様、たくさんおハナシしてね」

と珠彦の膝へ手をかけた。

「章ちゃん、そう面白くもないんだよ、しかし湖の主のおハナシさ――それはね、昔々の大昔、その又昔のあたりなんだ、此の山の麓《ふもと》に長者が棲んで居たんだ――」

「長者ってなあに？」

章一が何気なく尋ねた。

「長者って、お金持さ」

珠彦がやさしく説明した。

「そう、それから――」

「その長者に一人の美しいお姫様が居たんだ、そのお姫様に大勢侍女《こしもと》がお供して、或る春の日、此の山へ登り、よせばいいに舟に乗って舟遊びをしたんだ、すると忽《たちま》ち湖水の波が立って舟がひどく揺れ出し、あれよあれよと侍女共が黄ろい声を張り上げて騒ぐうちに、お姫様の姿は舟から消えるように見えなくなって、水底に巻き込まれて行ってしまったんだ、つまり湖水の主が美しいお姫様を欲しがって貰って行ってしまったのだ――」

「まあ、いや――」

綾子が気味悪そうに笑い出した。

「それでお供をした侍女達は大事なお姫様を湖の主に取られて、申しわけが無いと言って皆おいおい泣き出してねえ――」

「ホッホホホ」

綾子もまゆみも声を合せて笑った――しかし利栄子は珠彦の言葉など耳に入らぬ風でにこりともしなかった。

「そして可哀想に侍女共一同、お姫様の後を追って、湖にボチャンボチャン皆飛び込んだが、長い袂は着ているし、水泳の選手ではないし――皆水の底へ沈んでしまった、そして小さい蟹になってしまったんだって――その蟹達が今でも湖水のお掃除をよくするので、此の榛名湖の水は綺麗で落葉や屑がそう浮いて居ないで、あんなに青く澄んで居るのだそうだ、つまりこれが湖の伝説なんだよ、わかった、章ちゃん――」

珠彦は話し終った、もっとも熱心な聴手だった章一は感じ入って、「恐ろしいなあ、湖の主に取られないうちに帰りましょうよ」

と言い出した。

「うん、そうだな、三人のお姫様を見て、湖の主が欲しがるといけないから、そろそろ帰るとしよう」

珠彦も笑って立ち上った。

まゆみがお弁当の後始末をして馬へ近よった、馬も御馳走の人参を食べて、湖畔の涼しい風に鬣《たてがみ》をそよがせて休んで居た。

「綾さんや利栄子さんはどう、帰りはケーブルカーでお帰んなさい、馬は連れて帰ってあげるから、その方が安全らしいなハッハハハ」

珠彦は登る時の此の二人の馬の成績から、こんなことを言っていやがらせた。

「そうしましょうか、利栄子さん」

綾子は兄の言葉を正直に受けて利栄子をかえり見ると、利栄子の表情は――烈しかった。

「私死んでも馬で降りますわ」

一列の乗馬隊は青葉の匂う山路を降り始めた、振り返れば伝説の湖は仄青くややに暮色のせまった山頂に見えた。――湖の主がもし今もあらば、此の馬上の三人の少女の誰をはたして欲しがるであろうか、もし長者の娘をとならば、利栄子、男爵家の姫をと望まば綾子――そして不幸な運命の黒い瞳の少女をと言わばまゆみその人だ――しかし幸いに誰も湖の主に取り去られずに一行は無事に山を降りて麓の温泉《いでゆ》の街の山荘へ辿り着いた。
馬の蹄の続く音に早くも――玄関に出迎えた人々、由紀子夫人も、純子もそして槇乃も外の女中達も、そして槇乃は利栄子が馬を降りる姿を見るやいち早く馳けよって――

「お帰り遊せ、嘸《さぞ》お疲れでございましょう、お馬はいかがでした?」

などと、まるで利栄子附きの侍女のようにいろいろと言葉を懸けた。

利栄子は黙って馬を降りるなり、その槇乃の言葉に答える代りに、いきなりヒステリーの様に叫んだ。

「私、私、明日、明日すぐ鎌倉へ帰りますわッ」

そして、彼女は今まで押しこらえて居たらしい涙を烈しく一度に見せて、わっとばかり泣き出して槇乃の胸に身を投げたのである。凜々しい乗馬服に身をかためながら、いきなり泣き出す利栄子の姿に——一同はただ呆気に取られてしまった。

「利栄子さん、どうなすったのです?」

由紀子夫人は慌てて玄関から出て来られた。一同は呆然としてしまった——綾子も何んと言っていいかまごまごした。

「綾さん——あの何かひどくお気にさわる事でもあったのでしょう——」

由紀子夫人は心配そうに綾子の顔を見る。

「え——あの——」

綾子は助けを乞う様に兄の珠彦を見返った。けれども珠彦はまことに至って冷淡に例の貴族的な態度で何事も素知らぬふりで、さっさと長靴を脱いで上ってしまった。

「利栄子様、いったいどう遊したのでございますか? 貴女のお母様からも伊香保へやるから特によろしく頼むと私共もお頼みを受けて居りますのに——いらっした早々折角皆様お揃いでお元気に山へお登りになりました後で、すぐ明日鎌倉へお帰りになるなどと仰しゃっては、辻家の方でお宅のお母様へ申し訳けがございませんよ——何がそうお気に召さない事がございましたの、槇乃にだけでもお話し下さいませね、けっして悪い様には致しませんから」

槇乃はかねがね利栄子の母からいろいろと頼まれている事とて、今こんな場合大いに忠実ぶって置かなければ利栄子の母に対してもすまないと思って、まるで利栄子の乳母のように傍により添って慰めたり、あやしたりくどくどと大騒ぎだった。

「いいのよ——かまわないで頂戴——私、私、きょう侮辱されたんですもの——もう伊香保に居るのいやですわ」

利栄子は口惜しくてならない残念至極の表情で泣き声を立てて駄々をこねるのだった。

「えっ！　侮辱！　貴女を、まあ誰方《どなた》が！」

槇乃はこれを由々《ゆゆ》しき一大事とばかり仰山に驚いた風を示して利栄子を覗き込んだ、

「まあ、玄関先でそう——なんですから、利栄子さんもおあがりになってゆっくりお休みになった上で——御不快なことを伺いましょう、たぶん何か誤解していらっしゃるのかも知れませんわ、よく申し上げればわかって下さいますわね、折角此の夏休をここで綾子様方と楽しくお遊びになるおつもりなのですもの——少しの行きがかりは皆忘れておしまいにならなければ……」

純子が見兼ねて利栄子の肩をさすって、強いて奥へ上らせた。

由紀子夫人も純子も、思いがけず子供同志の遊びの中に何か不和が起きたらしいので、困った気持になってしまった。

その夜

利栄子の事件はそれとして、ともかく山登りに疲れた一行はお湯を浴びた。

そして夕食の卓子《テーブル》についた、利栄子の事があるので一寸座は白けて居た、でも章一が子供らしく無邪気に山のお話をするので、それに笑わせられたのが救いだった。

「今夜は特別早くおやすみになりますように、お疲れですから、そして明日の朝お元気でお起きになって——あまりお寝坊をなすってはいけません、夏の休暇中も時間は規則正しい生活をなさらないと二学期が始まってから悪い癖がついてお苦しくなりますよ」

純子が食後注意した。

「ホッホホホ、蔦村先生は学校の先生とそっくり同じ事仰しゃるわ」

綾子が笑った、けれどもその夜は皆寝室へ引取る方がよさそうだった、何故なら利栄子がすっかり怒って居るので、其の心の解けるまでは、夜皆集まってもいつものようにトランプをしたり、ラジオを聴いたり面白く雑談をするなどいう平和な空気になりそうにもなかったからだった。

まゆみも章一を連れて早く自分達の寝室に引き取った。

そして章一に可愛ゆい寝着《パジャマ》を着せて、自分の隣の小さいベッドへ寝せて、そして自分も服を着更え様とした時、彼女は腕時計がないのに気がついた。そうだ、腕時計はさっき夕方お湯を浴びる時、浴室の棚に置き忘れて来たらしかった。

まゆみはそっと夜の静な廊下を一人辿って浴室へ降りて行った。

浴室前の脱衣場の棚には、たくさん着物が脱ぎすててあった、そして浴場からは人声がした、女中達が二三人一緒にお湯に入っているらしい様子である。

まゆみは棚の隅に自分の銀の小さい腕時計を見出した、それを取り上げ急ぎ足で立ち帰ろうとした時――ふと浴室の中から甲高に響く槇乃の声が耳に入った。

「あのまゆみという子が万事いけないのでございますよ、あの子はお邸の災いの因《もと》になりますよ、どこの馬の骨かわからぬ孤児の分際で小悧口で一寸綺麗なので、もうすっかり珠彦様や綾子様をうまく丸めてしまったのですよ――今日利栄子様をいじめたのもあの子なのですよ、山へ登ってから利栄子様の仰しゃる事にいちいち差し出口をきいて悧口ぶるんですものねえ、いったい自分達姉弟がお邸のお情《なさけ》で生命《いのち》をつないで人並になっているのを考えたら、大切なお客様の利栄子様に対等で口のきけるわけはないのでございますよ、何んという小憎らしい身の程知らずでございましょう、ほんとに行く末恐ろしい女の子でございますよ――これと申すのもあの家庭教師の蔦村さんが勝手にあの子達をお邸へお引き入れになったから、こんな騒ぎになったのですからね——みな蔦村さんの責任ですよ、ほんとに蔦村さんはいったいどうなさる御気持でしょう。あの子達をああいばらせていつまでお邸にお置きになるのなら、御自分の責任はどうなさるおつもりですかね……」——槇乃がしきりと浴室の中で他の女中達に言いきかしているのだった。

　始めは決して立ち聞など卑劣な真似をするつもりのなかったまゆみも——まゆみという自分の名がふと耳に入ったので、そのまま聞くと槇乃の言葉には烈しい毒気と自分への憎しみと、そして純子への責任論を説いているではないか——

　槇乃の声を耳にしつつ、まゆみの手はわなわなふるえた、その拍子に手に持った腕時計ががちゃりと音させて脱衣場の床に落ちた。

　はっとして取り上げると、時計の硝子はこわれてめちゃめちゃになった。

　まゆみは、そっと脱衣場を逃れるように走り出した。まゆみは二階の寝室まで無我夢中で走ってゆく途中、人気のない夜の廊下の曲り角でいきなり人とぶつかった。

「御めん遊せ」まゆみが一足後へひくと、「やア」と向うの人影も身をよけた、廊下の天井の仄な灯《ほ》影《かげ》に浮かぶその人影は珠彦だった。

　まゆみは慌てて走っていた自分を恥じて一寸お辞儀をして行き過ぎようとした時、珠彦は眼ざとく彼女の手にした硝子の割れた腕時計をちらと見た。

「貴女のその時計——今僕がぶつかって、こわしたんじゃない？」彼は問うのだ。

「いいえいいえ、これ、あのお湯殿で——」

といいかけてまゆみは、声がと切れた、お湯殿で槙乃の言葉を聞いた時、思わず落して割ったとは言いかねて——

「時計屋へやって硝子入れなおさせればいいでしょう、どれ見せてごらん」

珠彦はまゆみのおずおず差し出す時計を灯の下にあらためて、

「ハッハハ、これは小さい方の針が曲っていて駄目だ——時計屋によくなおさせなさい——それまで僕のを貸してあげよう、僕腕時計は外にも持って居るからいいんです、これ男持ちのだが、馬に乗る時なんかスポーツ型で大きい方がシックですよ」

珠彦は自分がぶつかった時、まゆみの時計があやまってこわれたのかと思い込んだのか、彼はすぐ自分の腕時計をはずした。巾《はば》の広い革帯にはめられた白金《ホワイトゴールド》の米国製の腕時計はまゆみの手に渡されようとした。

「いいえ——あの、私時計そんなに今必要でないんですもの——」まゆみは手の上に載せられた珠彦の貸すという時計を見てもじもじした。

「馬に乗って遠乗りする時は時計が必要ですよ、かまわない使って居ていいんです」

彼は無造作にそう言うとさっさとあちらへ行ってしまった。まゆみは、少しぼんやりした様な珠彦の後姿を見送った。その黒い瞳にはもういつぞや示した反抗や強情な光はなかった。彼女は廊下の灯の下にうなだれた。そして珠彦の渡した時計をじっと見つめて居た。そして――やがて彼女は静にうなだれつつ階上の自分達姉弟の寝室に入った。そこに章一は昼間の疲れでもうすやすやと夢路を辿っていた、まゆみはその弟の枕もとに腰かけた。無心に眠る可愛ゆい少年の寝顔を暫見《しばし》つめて居たが――いつか彼女の瞳から涙の雫が溢れ落ちた。

「――章ちゃん、貴方だけは幸福にいつまでも――」

まゆみは低くこう囁やくと弟のお河童の垂れた白い小さい額にそうと口吻《くちづ》けた――そして弟の眠りを醒まさぬよう彼女は足音を忍ばせて寝室の窓ぎわの書物机の上へ行った。青い傘のスタンドに灯をつけて、彼女は机の上に水色のレターペーパーをひろげた。そしてペンをとって一二行書き出した、考えつつ――二行三行書きゆくままに彼女の眼からいつしか涙の露が落ちこぼれてインキの跡をにじませてしまうのだった――伊香保の温泉の街の夏の夜はややに更けてゆく――人々の寝静まった此の別荘の夜にただ一人起きて青い灯のもと――まゆみはいつまでもペンを走らせつつ考えて居た。

朝戸出

伊香保の温泉の街——榛名山麓の夏の夜は短かく——ほのぼのと明けてゆく……。

辻家の別荘の人々はまだ夜の夢の中だった、女中部屋の窓も開かない。

その静な家の中を今そっと一人早く眼ざめて起き出でたのは、まゆみだった。

彼女は昨夜恐らくくろくに眠りもしなかったのであろう——もう身には蔦村先生から戴いた新調の乗馬服を着込み手に一本の鞭を持って、ただそのままの姿である。

彼女は足音を忍ばせて階段を今静に静に降りてゆく……

階段の廊下の天井には、まだ電燈が消えずについて居《い》る。まゆみは一度階段の下で自分達姉弟の居間の階上を振り向いた、其の部屋の中には弟の章一がすやすやと何も知らずに眠って居るのだった、つい今し方その弟の安らかな無邪気な寝顔にそっと別れを告げて来たばかりだった。

ともすれば弟の寝顔の上に我が涙のこぼれ落ちようとするのを我慢して、まゆみはいそいで扉を開け、しかも音をたてぬよう忍びやかに出て来てしまったのである。

人々の寝静まって居る静な家《いえ》の中には、いくら忍び足でも、ことりとした音さえずいぶん大きく響くようだった。

まゆみは誰か眼ざめて自分の出て行く姿を見つけはしないかと気をせかして玄関へいそいだ。そして自分の乗馬用の長靴を取り出すとそれを履き、玄関の鍵を開けた、暁の光が颯と一度にさし込んだ。

まゆみは外へ出ると又再び玄関の戸を閉めて、ほっとしたように、今度は裏手の馬小屋の方へ廻った。

裏庭の垣に咲く水色、浅黄《あさぎ》、白、しぼりの様々の朝顔の花、紫色の露草の長い葉にも夜《よ》露《つゆ》のしめりがまたしっとりと置いてある。

その近くの馬小屋へまゆみは忍び入った。その中には珠彦の愛馬「朝駒」がつながれて居る、馬はまゆみの姿を見ると一声高く嘶《いなな》いた。

その声に思わずまゆみははっとした――しかし邸内の戸はまだ一枚も開かず人の起き出でた気配とてもない。

まゆみは胸撫でおろして朝駒を引き出した。そして馬小屋の中の棚の上に載せてある鞍を馬の脊に置き、ひらりと自分は乗った。

手綱をひと締め――朝駒はさわやかな夏の朝の冷たい空気を喜こぶように足並揃えて歩き出した。

とっとっ、鞍上《あんじょう》の人の意の如く駿馬《しゅんめ》朝駒は走った。別荘の裏門を早くも——そしてまっしぐらに、昨日の登山に辿った路——路の土はしめって心地よい、山麓の小さなホテルの前の流れの水音が人影のない木立ちの中に響いて居た、太陽のまだのぼり切らない空の下に榛名の山陰は青く澄んで居た。

朝駒はその山路を辿ってゆく、中ほどに来て馬の上からまゆみは別れゆく麓の町を振り返った。辻家の別荘の黒い瓦が木の茂みの中に仄見えた——まゆみの黒い冷たい瞳にも熱い涙が湧いた、

あの黒い瓦の屋根の下に——自分の今こうして忍び出る姿も知らず夢路を辿る人々を思い出して、何よりも辛いのは弟の寝顔を思い出す事だった、

いざさらば天地《あめつち》に一人の弟よ
いざさらば暫しの別れ！
われはまた来まし我が弟よ
たとえ千里を距《へだ》つとも！

「章ちゃん、さようなら！」
まゆみは眼もはるかな彼方に微に見ゆる黒い瓦の屋根の方へ声をかけた、朝の山路に

その声は山彦《やまびこ》を与えるのみ――まゆみはもう後を振り向くまいと思い切ったらしく一鞭さっと振り上げて駒を進めた。

やがて山を覆う朝靄の中にはまゆみの馬上の姿が遠のき消えて、ただ蹄の音の伝わるばかり――。

そして太陽がようやく高くのぼり初めた頃、山麓の家々の戸は開き人々は起き出でた――一人の少女がただひとり暁早く露を踏んでひそかに山へ登った姿を見た者とて無かった。そして、辻家の別荘の雨戸もようやく開かれ出したのである。

「先生、姉さんは散歩に行ったの？　ひどいなあ、僕をおいてけぼりにしちゃって、ひどいや——」

章一が不平そうに純子に言った、

「まゆみさん散歩に出掛けました、一人で——」

純子は首をかしげた、たいてい散歩になど出かける時は章一を連れるか純子達と一緒だったのに——でもあのひとの気性で何か考え事でもして孤独で歩いて居たいのかも知れない……

純子は始めは、さほど重大にも考えなかった、しかし朝の食事の時間までにも、まゆみは帰って来なかった。

「まゆみさんは？」

朝の食卓に姿が見えないのを綾子が気にした。

「散歩に早く出かけたのでございましょう」

純子はこう答えて、まゆみ一人を待って朝の食事を遅らすのも困るので、一同は食事に就いた。

昨日あれほど泣き声で断然帰っちまうと言い張った利栄子はたぶん昨夜綾子に優しく慰められた結果なのか、今朝はもうけろりとして居た。

食事中、槇乃が慌しく食堂に入って来て、

「あの馬丁が申しますが、お馬が居りませんそうで……珠彦様が今朝お乗りになって何処かへおつなぎになっていらっしゃいましょうかと――伺って呉れと申して居ります」

と食卓のまわりの人達の顔を眺めながら言った。

「僕は知らんよ、まだ今朝は馬小屋へは行きもしないよ――」

これは珠彦の答である。

「まあ、ではどうしたのかしら？」

こう言って綾子も利栄子も顔見合せた。

「姉さんだ、きっと、ねえ先生、姉さんが今朝御馬で散歩に出たんでしょう」

章一が純子に言った。

「もしかしたら、そうでしょうね」

純子が或る不安を感じてうなずくと、

「ほんとに――そう仰しゃれば今朝からまゆみさんはお見えになりませんね」

槇乃が一つの主のない椅子を食卓に見出して言う。

「うん、ではまゆみさんだろう、あのひとなら馬は上手だ、どこまで遠くへ行ってもすぐ帰って来るさ」

珠彦は無造作に言って、朝駒の居なくなった事など気にもかけない様子だった。

「でも――あの何んでございますのね、勝手に若様の御馬を使って無断で乗り出したりなすっては、まゆみさんも少し困った方でございますことホホホ、ちと蔦村先生お叱りになりませんでは、お邸中の見せしめがつきませんでしょうに――」

槇乃が少し舌に毒気を含んで、じろりと純子を見やった。

「そうよ、あのまゆみさんてひと、その位い強気の大変な方なのよ」

利栄子が、えたりかしこしと言い放った。

「僕の家は夏休中は自由主義だ、朝駒は乗り度い人が乗るさ――使ったってへゝる馬じゃなしハッハハ」

珠彦は純子の立場を救うように笑いながら言う。

「もう少したてば、まゆみさんも帰りましょう」

由紀子夫人はおだやかに――その問題に終りを与えるように軽く言う――

「では馬丁さんにそう申して置きます、馬が気がつかないうちに居なくなったというので大変心配して居りますから――」

槇乃は一礼して食堂を出たが廊下でわざと聞えよがしに、

「やれやれ、人騒がせのまゆみさんだこと」

と言う声が響いた。

「いやな姉さんだな、早く御飯までに帰って来ればいいのに――」

章一は子供心にも姉の散歩の帰りの遅いのを心配して、つまらなそうにつぶやいて、寂し気に朝の紅茶を飲んでいた。

そして純子は――彼女の顔色は沈んでいた、一種の恐ろしい或る予感が胸に感じられて、とても落ち着いて食卓に向って居られないのである。

皆食事が終っても、まゆみはまだ姿を見せなかった。

章一は姉が居ないので純子の傍でしょんぼりして居た。

「僕達も散歩に出よう、途中でまゆみさんに行き会うかも知れないよ」

珠彦の発議で綾子達も出かける事になった。

「まゆみさんは規則正しくきちんとしていらっしゃるのに――何故今日は御食事の時間にも遅れるほど、朝出たきりになるのでしょうね、もしか途中で朝駒が荒れておけがでもなすったのかしら――」

綾子はむしろまゆみの途中の災難を案じたりした。

「まゆみさん、いくらお馬が上手でも、あんまりお得意で朝早くから一人さきがけでお出になったりなされれば、落馬なさったのかも知れませんわ」

とかく利栄子はまゆみについて善い事は言わない。

「お兄様まいりましょう」

と綾子も利栄子も出仕度して言うと、

「一寸待って呉れ給え」

と彼は自分の部屋へ引き返した、そして間もなく手に一つの銀の小さい腕時計を持って出て来て、

「此の街にも時計屋が有ったかな――」

と妹達に尋ねた。

「さあ、よく気が付かないで――でもお兄様その時計おこわしになったの？」

「うん、これまゆみさんの時計だよ」

「あら、そう――まゆみさんのね、お兄様のにしては小さ過ぎると思ったら――」

綾子が言うと利栄子はその珠彦の手の上の時計を睨めつけるように見て、

「まあ、まゆみさんの、いやに貧弱な古時計ね、第一旧式よ、今はその型はやりませんのね――」

利栄子は馬鹿にした様に言った。

「でもきっと、亡くなったお母様に買ってお貰いになったので大事にしていらっしゃる

のよ」

綾子がまゆみの時計を弁護した。

「珠彦様、何故そんなまゆみさんの時計を持っていらっしゃるのですの?」

利栄子はそれが何より気にかかって仕方がないのである。

「ゆうべ僕階段の下でまゆみさんにうっかり行きちがった拍子に、あの人の手に持っていた此の時計を落してこわしてしまったんで、僕なおしてあげるって受け取って置いたんです」

「まあ御親切でいらっしゃること!」

利栄子は甚だ気に入らないように一人でつんつんして玄関へ出てしまった。

「まゆみさん時計がなくてはお困りでしょう、早くなおしてお返しになるといいわ」

綾子も利栄子の後を追って出た。

「この時計の修繕の出来るまで僕のを一つ貸してあげたからいいさ——」

珠彦の言った声は仕合せにも利栄子の耳には達しなかった。

三人揃って門を出かかった時綾子が気がついて、

「章ちゃんも連れていってあげましょうよ」

と一寸引き返した。

「章ちゃん、章ちゃん」

呼んだが小さい彼の姿も見えず返事もなかった。

「章ちゃんは何処?」

と通りかかりの女中に尋ねると
「先程蔦村先生がお連れになってお二階へいらっしゃいました」

と答える、

「そう――先生と――じゃあ」

綾子は章一と純子が何か用があるのを思ってそのまま出かけた。

「珠彦様、そんな古時計をわざわざお持ちになって時計屋へお出かけになるの御体面にかかわりますわ――あとでおつぎの者を使いにお出しになればよろしいじゃございませんの」

利栄子は門のところで珠彦の手の中のまゆみの古時計持参を忠告している。

「なあに、ついでですからね」

珠彦はあっさりしている。

そして三人は街へ散歩に――道々馬上の姿のまゆみにもしや行き会うかと綾子は注意したがとうとう行き会わなかった。

利栄子が不満そうにしているにもかかわらず、珠彦は平然としてあの古時計を大事に持って歩いて、とうとう時計屋に修繕を自分で頼んで帰った。

その留守の間に純子は章一を自分の部屋へ呼んで尋ねるのだった。

「章ちゃん、ゆうべ姉さんは何か貴方に言いはしなかったの？」

「うん、なんにも――」

章一は首を振った。

「そう……」

「だって僕山へ登ってずいぶん疲れて早く眠ってしまったんだもの――」

章一はそう言いながら、先生の態度がひどく心配そうなので、おいおいに小さい胸にも不安の影がさした。

純子は一寸考えたが――

「章ちゃん、姉さんと貴方のお部屋へ行って見ましょう」

と彼を連れて、姉弟の部屋へ入って行った。その部屋の掃除はまゆみが人手を借りずに毎朝自分でする事になっているので――その朝まゆみは出たままなので、まだ片づいて居なかった、でも平常の整理がいいので姉弟の部屋はきちんと調のって、ただお蒲団が起きたままになっているだけだった。

純子は部屋の中を見廻した。

衣裳棚を開けると、自分の贈った乗馬服はない。

「ああ、やっぱり馬で朝出かけたのですね、昨日山へ登ったばかりだのに、又今朝も馬で、嘸《さぞ》疲れたでしょうに……」

純子は少し呆れた、疲れた身体で何を好んでわざわざ馬で朝早く散歩に出よう――そう思うとただ事でない気がした、純子は章一を部屋に残してとんといそぎ足に階段を降りてそわそわして女中部屋へ馳けつけた。

「貴方方誰か今朝まゆみさんの出かける姿を見た人があって？」

と尋ねると――二三人口を合せて、

「いいえ、ちっとも存じません――つい、うっかりして……」

恐縮している。

「そう、ではよっぽど早く出かけたのねえ」

純子は思わず吐息をついて、再び階上の部屋へ引き返した。

章一はおどおどした様《よう》に円い眼を見張って、

「先生、姉さんまあだ？」

「ええ――でも待っていらっしゃい、先生があとでまゆみさんを探して来ますから――貴方はいい子だから、お庭へ出て遊んでいらっしゃいよ、その間に此のお部屋を片づけて置いてあげましょう」

純子は章一を庭に遊びに出した、そして部屋の寝台の上を片づけて、さて章一とまゆみの一緒に使って居た机の上をも片づけ様と見ると、机上にインクスタンドやノートや本がきちんとしているのに、その上に章一のお寝衣《ねまき》がばさりと載っていた。朝身仕度の世話をして呉れる姉が居なかったので、章一はそんな処に寝衣をぽんと脱いで置いたのであろう――純子が其の寝衣を取り上げた時、ばさりと一つの封筒が床に落ちた、桐の一葉の落葉のように……。

純子がそれをひろって、手に取ると、「蔦村先生」と表書がしてあった。

純子は胸がどきんとした、思わずふるえる手に押し開いて読むと一枚のレターペーパーにしっかりしたペンの字が連ねてある、

先生

まゆみは折角救って頂いた暖かい巣からただ一羽離れてまいります、広い広い青空をただ一羽翅《つばさ》に強く羽ばたきして飛びゆく私の我儘をお許し下さいませ、他人の慈善的な温情の巣に素直に育くまれるには、まゆみはあまりに自我の強い憎らしい子でございます。その為にどんなに先生に御迷惑をおかけした事でしょう。先生、やっぱりまゆみには自分で生きてゆく道を探して辿るより外ないのでございます。どうぞ此のまゆみの強情な心のままに振る舞うのを見逃して下さいませ。でもただ一言、「先生の御心だけは永遠に忘れずどこの果でもまゆみが生きている」と申し上げるのを御聞取り下さいませ、

そして、天地にただ一人の弟章一は、辻家の恵まれる巣の中にあの子の素直な無邪気な幸福な性質のままにおいつくしみ下さいませ。姉とはちがった運命を明るく歩ませてやって下さいませ。

綾子様御兄妹に由紀子夫人に私は御恩に背いて立ち去る心辛さを先生お詫びして下さいませ。もし幸いに再び皆様にお眼にかかる日には、まゆみはもう少し優しい少女になっています、必ずそれをお誓いいたします。皆様にお会いする資格を備えぬ限り私は再び辻家の方々の前に立ち度くはございません。章ちゃんが姉の姿をその生活から見失なっても決して力落しをせぬよう、そして元気で大きくなって姉の帰る日を待って呉れるよう切に切に祈ります。章ちゃんに手紙を別に書きかけましたが、涙が出て駄目でした。

先生、さようなら、又お眼にかかる日まで、そしてこんな決心をして青空へ飛び去る私を追って再び籠へ入れようとはして下さいますな。

皆様の御幸福を祈って——今私は静に澄んだ気持で、私に好意をあまり御持ちにならなかった利栄子様の御幸福をも祈らせて戴き度いのでございます。

まゆみ

純子は読み終った——

「ああ、やっぱり……」

彼女はがっかりしながらも、朝からの恐ろしい予感の当ったことに今更どうしようもなかった、――こんなに決心して青空へ飛び去る私を追って再び籠へ入れようとはして下さいますな――こう書いたまゆみの筆の跡を二度読み返した、そして純子は暫く考え込んで居たが、その手紙を持って階下の夫人の部屋にと行った。

「奥様申しわけございません――まゆみさんは此の置き手紙をしてとうとうお邸から出て行ってしまったのでございます」

純子は自分の責任を恥じるように言いつつ、まゆみの置き手紙を夫人の前に差し出した、

「まあ……」

夫人は驚ろきながら、その手紙に眼を通された。

「――蔦村さん、もうこうまであの子が決心したのなら仕方のないような気もしますね。貴女があんなに眼をかけて真実の妹のようにお世話をしておやりになるのに――どうして、こうかたくなで意地が強いのでしょう……私共もあの子の善い点はどこまでも知ってあげてお世話してあげるつもりでしたが……」

さすがに夫人も呆れた様に眉をひそめた。

「――ほんとうにお邸に対しては、いろいろ申しわけがないと存じます――」

純子は首うなだれた。

「いいえ、そうお詫びには及びません、誰が悪いのでもないのですよ、それにまだ十六や十七で、あんまり利発過ぎて大人びた考え深すぎるせいですよ――でも、一人で家を出て行っては、いくら勝気で利口でも世の中は一人の女の子が楽々渡れるものではありませんし、どんな間違いがないとも限りませんよ、どうでしょう、警察にでもお願いして探して戴くことにしましょうか――」

それでも、まだ由紀子夫人は家出後のまゆみの安否を気づかって見すてようとはしないのだった。

「奥様、私もずいぶん考えましたが、もう此の上はかえってまゆみさんの思うように自由にさせるのが、よろしいと思いました。こんなに決心して青空へ飛び去る私を追って再び籠へ入れようとはして下さいますな――とまでちゃんと書き残して行ったぐらいですから――それに警察になどお願いすれば新聞にも出ましょうし――知らぬ世間は孤児をお邸で虐待でもしたようで誤解を招いたり、もしそんな事でもあれば、最初あの姉弟を二人でお邸へお連れしてお世話を願った私は、あんまりその為御迷惑をおかけすることになりますし……」

純子はもうまゆみを追わぬ決心をあきらかに示した。

「そう、でもまゆみさんがどんな悪い誘惑にかかったり、女の子ですから、もし取り返しのつかぬような事でもあれば、折角一度縁あればこそ、此処の邸へ来て居たあの子が可哀想で今まで尽した貴女の好意も無駄になりはしませんの——」

夫人は優しくあくまで、まゆみの此の後の生活を案じられた、

「そんなにまで思って戴くまゆみさんは——何故人の温かい心に少しの心苦しい事位我慢出来ないのでしょう——」

純子は悲しく不平らしくつぶやいた。

「でも蔦村さん、人の魂まではどうする事も出来ないものですから——ただまゆみさんがこれから後まちがいが無ければいいが——とそれが案じられますが……」

「いいえ、奥様まゆみさんは自分を守って行くだけの賢こい智慧は持っていましょう、その自信はあって出たのでございましょうし……私もあの人の智慧を信じて、又まゆみさんがきっと返ると信じて待ちましょう——ですから決してあの人の行衛《ゆくえ》を探すような事はせずに、まゆみさんの行き度いままに進ませましょう」

純子は言い切った。

「そうですか。そうまで貴女が仰しゃるのなら……でも一人残された章一さんはほんとに可哀想ですね、どうぞせめて、あの子だけ私達の愛情を信じて邸にながく居て一人前に成長して呉れればお世話した甲斐がありますけれど……」

夫人は姉に取り残された章一の身の上を哀れまれた。

「章ちゃんは大丈夫でございます。まゆみさんに引き代えて素直な誰にも愛される性質

を持っている子ですもの——姉さんが傍に居なくなっても力を落さぬようなお気をつけてやりましょう。でも……姉さんが不意に家出をしたことを何んと説明して告げましょうか——私はそれが今一番苦しい辛い役目ですので……」

純子はまったく其の役目には困ってしまった。

「ほんとうに、嘸吃驚《さぞ》して心細く嘆くでしょうに——蔦村さん、子供に嘘を言うのはいけない事かも知れませんが、今の場合は仕方がありません。此処へあの子を呼んで貴女と二人でよく言ってきかせましょう。姉さんはハルピンの方へ亡くなったお父様とお母様の御姉妹つまり叔母さんを探しに行ったと言うことにしては——そして遠からず帰って来るという風にしてはどうでしょう。章ちゃんに暫く別れると言うと章ちゃんが泣いていやがるといけないから黙って出立したのだと——まあ、そんな風に言ってはどうでしょう……」

夫人はどうにかして章一の失望を少《すくな》くして置ける様な方法を考えられた。

「ええそう申しましょう……素直な子ですから私の言葉を信じて聞き分けて呉れると思いますから……」

夫人と純子は相談して章一を呼び、小さい彼の胸を痛めないように、姉の姿の俄に見えなくなったわけをつくって言いきかせる事になった。

帰れる馬

珠彦達が朝の散歩から間もなく立ち帰った。万一途中でまゆみらしい姿はちらとも彼等は見る事が出来なかったので……。

「まゆみさんもう私達と行きちがいに帰っていらっしゃるかも知れませんわ」

と綾子は言っていそいで別荘の門へ近づくと、庭で純子と遊んでいた章一が飛ぶようにやって来て、

「あのね、姉さんはハルピンへ行ったのよ、亡なったお父様とお母様の姉妹の叔母さんに会いに——僕を連れて行けないから、僕が一緒に行きたがると困るんで黙って今朝一人で行っちまんたんだって、ひどいなあ、姉さん、僕に言って行ったって僕そんなに泣いたりしないで、おとなしく帰るの待ってるのに……」章一はいかにも姉に信用されなかったのを不平らしく言った。

「ええ、ハルピンへ!!?」

綾子も珠彦も驚ろいて、純子の方を見やって聞こうとすると、純子が「あとで——」

と眼顔《めがお》で知らせた。何かこれには秘密があると思ったので、

「そう、ではハルピンから姉さんのお帰りまで毎日私達と遊んで元気でいらっしゃいね」

と綾子は章一の髪を撫でてやった。

「ええ、夏休のおしまい頃には又姉さん僕の傍へ帰って呉れるのよ」章一は夫人と純子の言葉を信じて仇気なかった、その声を聞くと純子はいじらしく、思わず眼のなかが熱くなるのだった。

章一の信じる如く、まゆみが立ってさへ呉れたなら――群を離れてただ一羽、自ら与えられた巣を出でて一羽、広い青空を慕って飛び去った彼女の翅よ、風にも雨にも傷つくな！　純子は心の中で切に祈った。

数分の後、純子は夫人の部屋に集まった珠彦兄妹に、まゆみの置手紙を見せて、彼女の家出を話した。

「まあ――では昨日利栄子さんとあんな事があったりして――あの方我慢をなさらなくなったのね、でもあんな行きちがいは少し忍耐なさればいいことですのに……」

綾子はまゆみのあまり独立的に実行する強さを悲しんだ。

「僕はまゆみさんとも折り合って、皆兄妹みたいに楽しく賑やかに暮せ出したと思ったのに……」

珠彦はこう言って唇を噛んだ。

「利栄子さんのお仕合せを祈るって書いてありますのね、あの方には何んとお話ししましょう」

綾子が純子に相談した。

「ほんとの事を申し上げましょう、利栄子さんのまゆみさんへの反感も消えるかも知れませんし……」

純子はそう答えた。

「でも――あの御馬を連れ出して行ってしまったりして……珠彦様にも申しわけございませんのね」

純子はそれを気にして珠彦に詫びた。

「一人ぼっちで行くより、せめて馬でも連れて行っただけ心丈夫で僕達は少しまゆみさんの為安心してやれるわけだから、かえっていいじゃあないですか」

珠彦はこう言って、むしろまゆみが一人でなく馬を連れ出してたのをせめてもの彼女の為にの慰めに感じているらしかった、それで純子もほっとした。

×　　×　　×

その日午后《ごご》から大雷雨だった。

伊香保をめぐる山々の峰には黒い雨雲が覆い、街には烈しい嵐のような雨と、空には雷鳴が轟《とどろ》いた、どこかに一つ二つ落雷したかと思われた。

「此の雷と雨の中をまゆみさんはどこを辿っているのでしょう……」綾子と純子は言い合って、気強くも去りし人を思って胸を痛め合った。

二三時間続いた雷も雨もやがて晴れて静に、そして日暮れのさわやかな夏のたそがれが来た。――その頃である。辻家の別荘の門のほとりに馬の嘶く声が烈しく響いた。

「あっ、朝駒だッ」珠彦はその愛馬の声をいち早く耳にすると、飛び出すように門前へ駆けつけ告げた。

「朝駒ですって――ではまゆみさんが帰ったのですかッ」

こう叫ぶように珠彦に続いて門へ駆け出したのは純子であった。門へ行けば朝駒だ、しかし雨に濡れた鞍のみ脊に乗せて鞍上人影は無かった。

疲れているらしい馬はやっと辿り帰った主人の門へ着て安心した様に歩みを止めて居る。

「――そうだ、まゆみさんは此の馬が悧口で、ひとりでも元来た道を帰って行けるということをいつか僕が教えたのを覚えて居て、そのつもりで借りて行ったのです」

珠彦は傍の純子を見返りつつ言う。

「そう、では自分だけは何処かで馬を降りてしまったのでございますね」純子は吐息をついた。そして今更に主なき鞍を見つめると鞍の革紐の間に挿し込まれた一輪の山百合の花がうなだれて伏していた。

「まあ、百合の花が……まゆみさんの別れのしるしに朝駒にことづけたのでしょう……」

その花を別れゆく山路に手折りて去りゆく馬の鞍に挿した子の心は、やはり去って来た人々への名残を惜しむ悲しみを覚えて居たのか——純子はその花を取り上げようとすると、その茎と革紐と結びつけた深紅の絹の半巾《ハンカチ》が露に濡れて付いていた。結びの端に白い糸で繡《ぬい》の——M・Tとまゆみの頭文字《かしらもじ》の見えるのは、彼女の日頃乗馬服の胸のポケットに仄見えていた半巾だった。

「まゆみ……あの人はとうとう僕達から去ってしまったのだ！」珠彦は寂し気にうなだれた。

もの言うを得ぬ馬はしきりと嘶なくばかりで、鞍を去りし子のいかなりしか告ぐる術なき身を悲しむように……。

濡るる山路

まゆみは朝駒の脊によって、伊香保の湯の町を後に去り榛名の山路をまず辿った。朝露の中に遠ざかりゆく山麓の町、思い出多い辻家の別荘の屋根の瓦の上に、「さらば」と最後の別れを告げて――そしてつい昨日珠彦や綾子達と賑やかに登った山に、その明けの朝はただ一人馬の手綱をしぼって、あてどもなく登りゆく身だった。

榛名の山路の途中から榛名富士は東北に聳《そび》えて麗しい円錐形を現して居る、はるかに烏帽子岳《えぼしだけ》も見える、沼の原を隔てて榛名富士の西東に相馬山《そうまやま》が立つ――その沼の原の半から東南に分れた道を、まゆみが登りかけた時、午後の陽ざしはすでに陰って居た――そして朝の仄暗い頃から馬に乗りづめのまゆみはさすがに疲れてしまった。朝駒も又そうであったろう、その上――悪い事に高く白く浮いていた夏の雲が見る見る消えて雨雲が墨を流したように空にひろがると見るや、ぽつりぽつりと大粒の雨がまゆみの帽子に馬の脊に落ちて来た。

そして山雨は颯と山路の樹の葉裏をひる返して繁くも烈しく降りそそいで来たのであ

る、
しかも其の山の登り道は爆裂作用で切り開いた為に嶂壁《しょうへき》が多く登るには非常に苦しかった、おまけに雨でひどく土は粘って朝駒の蹄は幾度か滑った、
まゆみは珠彦の愛馬を無断で借りて来て此の上その馬を苦しめるのは、たまらなかった——彼女は思い切ってひらりと雨の中を鞍から地に降りてしまった。
そして絶壁の切崖にうなだれて咲く山百合の一輪を取って、朝駒の鞍に挿し根元を自分の乗馬服の胸のポケットから取り出した深紅の手巾《ハンカチ》に包んで結びつけた。
「朝駒どうもありがとう、さようなら、お前は悧口なのだから、元来た道をまちがえず御主人のお家へ帰って頂戴ね、——」
まゆみはこう優しく馬に言って雨にそぼぬれた鬣《たてがみ》を撫でてやった。
雨駒は此の少女の囁やく言葉がわかったのであろうか、彼も又寂しげに雨の中に眼を閉じて暫動かずじいっとして居た、
「さようなら、朝駒、お前には大事な御主人が居るのよ、そしてお前の眠る廏《うまや》があるのよ、早くお帰り、そして休んで頂戴——私は、私は——眠る巣もない離れ鳥なの……だからお前とここからはお別れよ——」
まゆみはこう言いかけて、気強い彼女もふっと涙ぐんでしまったのだった、
朝駒はまるで人語を解するかのように、首うなだれて居たが——つといななかいた、雨

の音の中にも高く響くように……。それは馬の彼が今まゆみに向ってこう言うかのようだった。

「お嬢さん、馬に乗る事のお上手な美しいしかし寂しげなお嬢さん、私は貴女のお供をして何処までも参り度いのですよ、このままお別れするのはいやです」

朝駒はけっして其の場を立ち去り動こうとはしなかった。

まゆみは自分の傍を去らず、此の佗しい山の路に大雨に打たれつつ共に居る此の馬にやはり離れがたい愛情を感じた。

「朝駒、お前は親切ねえ、でも早くお前の御主人の珠彦様の処へ帰って行って頂戴、もしそうでないと私は馬泥棒になってしまうのよ、そしてあんなに親切にして戴いた辻家の人達にどんなに悪い者に思われるか知れないの、利栄子さんなどは私を馬盗人と仰しゃるでしょうよ、ねえ、朝駒此処まで来て貰えばもうたくさん、あとは私の運命のままに歩いて辿って行くのだから……」

まゆみはこう言ってきかすように朝駒の脊に手をかけて、彼の手綱をしぼり向きを変えて、元来た道へ戻そうと苦心した。

朝駒は悲し気にいなないて最後の別れをまゆみに告げるように、大きな馬の眼がまゆみに向けられた。

「さようなら！」

まゆみは後から一鞭さっと朝駒を打った。

遂に蹄はあげられて、朝駒は元来た道の方向を間違わず怜悧に辿り帰った、その鞍の上に雨にぬれつつ一輪の白い山百合の花がゆれた、まゆみは立ち止まって、その鞍の上の花の白い影と馬の姿を見えなくなるまで、じっと涙をこらえて見送った。

やがて、馬も山百合の姿も遠ざかり山路の陰にかくれた。

雨は実に烈しい——青白く光って走る稲妻、忽《たちま》ち轟き渡る雷の音——そして外には人ッ子一人いない山頂の険しい道の中、今立つのはこの天地にあわれまゆみという少女一人である。

——此の孤独！

まゆみは始めて一人を感じた、朝辻家を脱け出てから今までの道連れの馬も去って、残るは自分一人。

さて、これから運命のまにまに漂う巣のない小鳥となった彼女よ。

雨に濡れそぼった小鳥の翅は重かった、まゆみの新調の紺の乗馬服は雨を含んで重く、細い長靴は切り崖の下にくずれる赤土に悩み、銀の拍車もあわれ泥に埋もれそうである。

それでも気強い小鳥は歩み続けた、雨に打たれても雷に打たれても倒れる処まで、もう巣を失ったまゆみは辿りゆくのであろう。

その山路は非常に絶壁が多く険しかった、まゆみは岩を捉《つか》まえて攀《よ》じ、又は鎖にすがって登る難所を辛うじて辿り得た、でも彼女はけっして悲しみ嘆きはしなかった。

雨よ！　もっともっと烈しく私を打て！

雷よ！　もっともっと烈しく鳴って私を打て！

稲妻よ！　もっともっと烈しく光って私を打て！

まゆみがどこまで強い子になるか、雨に雷に稲妻に悩まされつつ、私はもっともっと強い子になって生きる為、今ぞ自分の力を試す時なのだ、――こうまゆみは心の中で決心して居たのだった。

それから幾時間か――まゆみは登りに登り歩みに歩み続けた、永い夏の日もさすがに暮れかかった、雨も晴れたか、山路の木の葉をこぼれる露は冷たかった。

びっしょりと濡れそぼった乗馬服のまま、まゆみがその峠をようやく降って谷間の流れの路に出た時は、もうまゆみの全身の力は尽き果てたかと思われた。

彼女は、がっくりと谷岸の岩にもたれたまま倒れるように身を伏せた、
空には仄にいつの間にか忍び出たような雨後の月が、その倒れた少女を照らしていた、

――その時遠くかすかに馬の鈴の音がリリンリリンと、しいんとした暮色の山路に響き渡った、そして馬の四つの車輪の音がそれに続いた……。

それは一台の幌馬車《ほろばしゃ》だった、此の谷に添う流れの山路を伝うて麓の村の小さい温泉の湧く宿まで不便な山越えの客を乗せる馬車だった、古いガタガタの馬車、幌の下には日

除けの布が田舎びた赤い格子《こうし》縞《じま》の更紗《さらさ》が懸けてある、老いた馬一頭にガタガタとひかせるその馬車の馭者台《ぎょしゃだい》には白髪頭のお爺さんが古風な雨合羽を脊に手綱を握って居る。その傍にならんでちょこなんと腰かけたのは六つか七つの女の児だ、元禄袖《げんろくそで》の浴衣をつんつるてんに着て桃色の帯を結んで、切り方のまずいお河童の頭が夕風に乱れている、いかにも山奥の村の子供らしいその姿ながら、色は日にやけて黒くても、まるく肥えて眼は仇気なく大きく可愛ゆい。

　この子はお爺さんの馭者の振り上げる鞭の合間に、時々歌をうたう、小さい口をいっぱい開けて——

夕焼小焼で日が暮れて
山のお寺の鐘が鳴る
お手々つないで皆帰ろう
烏と一しょにかえりましょう

子供が帰った後からは
円い大きなお月さん
小鳥が夢を見る頃は

空にはきらきら金の星

まだどこが舌の廻らぬ調子でうろ覚えの童謡を唄う、その声が静もりかえった夏の日暮れの山路に響き渡るのだった。

谷の流れの音もかすかに、その路のべに馬の鈴と馬車の輪の響きと、女の児の可愛ゆい歌声がほどよく調和し溶け合ってひびいてゆく——

今朝から何一つ口にもせず、空腹のまま険しい山を登り切って今降りてゆく途中、まゆみはもうさすがに力尽きて、谷岸の岩にもたれて一歩も足は進みかねた、

——ああ、もう今死んでゆくのかも知れない……まゆみはそうまで思った。

——章ちゃん、いとしい弟、さようなら——まゆみは心の中で弟を思い出した、
そして彼女はうつらうつら意識がおぼろにかすんで遠ざかって眠ってゆくような気持だった、その耳にかすかに響いて来たのは、

夕焼小焼で日が暮れて
山のお寺の鐘が鳴る
お手々つないで皆帰ろう
烏と一しょにかえりましょう

この子供の歌声だった——幼ない子の声が耳に入った時、まゆみは思わず、

「章ちゃん！」

と弟の名を呼んだ、

「章ちゃん！」

二度叫んでも、答えはなくただ山彦のむなしく返るのみだった。

そこへ馬車はさしかかった。

「章ちゃん！」

とまゆみは夢うつつの如く三度弟の名を呼んだ。

その前を通り過ぎる馬車の上で、耳ざとくそのまゆみの弟を呼ぶ声を聞きつけたのは、
あの童謡を車の上で歌う幼ない女の児だった。

「お祖父ちゃん、誰かあたいを呼んでいるよ」

子は馭者のお祖父さんの手を引いた。

「なに、お前を呼んでいる、ハッハッハ何を言うんだい、この人ッ子一人居ない夕立の
荒れた山の路で、お前の遊び友達が迷っていたらそれこそ大変だ、ハッハッハ」

お祖父さんは取り合わないで笑ったまま、馬を進ませようとすると、その手に縋《す》がっ
て、女の児は一生懸命で言った。

「ほんとうよ、お祖父ちゃん、だってさっき「こうちゃん！」って、あたいの名をちゃんと誰かが呼んだのだもの――」

「なに、「こうちゃん！」てお前の名前を呼んだって？」

お祖父さんも孫のこうちゃんが、あんまり本気でそういうので手綱を止めて、老眼鏡越しにじろりとあたりを月明りに透かした。

「うそつけ、誰も居ないじゃないか」

お祖父さんはこう言った、

「でも――よく降りて見て探してよう、お祖父ちゃん……」

こうちゃんはお祖父さんに頼む。

「でも、こんな夜になりかかった山路に人の居るはずはないよ、こう坊……」

お祖父さんも幼ない孫娘がへんな事を言い出したので、弱ってしまったらしい、
その時、岩にもたれたままのまゆみは、又も口走るように苦しい息の下から、「章ちゃん！」と呼んだ。

「そら、お祖父ちゃん、「こうちゃん！」って、やっぱりあたいを、あんなに悲しそうに呼んでいるよ、ね、お祖父ちゃん」こうちゃんは円い目を一層円くしてお祖父さんの手を引張った。

「うん……そう言えば何んだなあ、こうちゃんとか、ちょうちゃんとか呼んでいるなあ

――」

駆者のお祖父さんも首をかしげた。

「いやァだ、お祖父ちゃん、ちょうちんなんて言いはしないよ、こうちゃんって、あたいを呼んでいるのよゥ」

こうちゃんは何処までも自分の名を呼ばれたものと信じてしまった、それだけに子供心に心配でならないのだ。

「うん、そうかな、どうやら人の声がするようだね、おじいさんは年齢とって耳が遠くなったから、よくわからないが、こう坊がそんなに騒ぐのなら、ひとつ、ちょっくら降りて探して見るとしようかね」

駆者台をようやく降りたのは、此のこうちゃんの祖父に当る馬車屋の儀十爺《ぎじゆう》さんである。

そのお祖父さんの降りる後から、こうちゃんもちょこちょこと降りようとすると、儀十爺さんは慌てて抱き止めて、「これ、いけねいいけねい、子供なんかうっかり谷の方へ降りて来ると夜は山犬が出て食べちまうぞ」

とおどかしたが、こうちゃんは首を振って、

「いいよゥ、山犬が居たってお祖父ちゃんが居れば大丈夫よゥ」

と言って承知しない。

「しょうがねいなあ、じゃあ、ちゃんと祖父のうしろに、おとなしくくっついて居るんだぞ」

と儀十爺さんは孫を車から降ろした、そこで、こうちゃんはお祖父さんのあとから、ちょこちょこと走ってついてゆく。

儀十爺さんは馬車の前につけて置いた小田原《おだわら》提灯《ぢょうちん》を取りあげて、それで谷間を照らして見ながら歩いた。

谷の底に流れの音がかすかに——山の気は寒かった。

「山は夏でも寒いよゥ、うっかりするとかぜひくぞ、こう坊、やっぱりお前の空耳だよ、馬車へ帰って早く行こうぜ」

儀十爺さんは、人を探すのを諦めて、すぐに馬車へ又戻りたがった、老いた身には一日の疲れが身にこたえて、我家の帰りをいそぐのである。

「駄目よゥ、お祖父ちゃん、どうぞだから、「こうちゃん」て呼んだ人探してよゥ」

しかし、こうちゃんはお祖父さんを馬車にどうしても帰さず、こう熱心に頼むのだった。

「何かお前の耳のききちがえじゃあ、ないかね」

儀十爺さん、七つ八つの女の子の言う事を信じかねたものの、あまり頼むのでこうちゃんの気休めにと、ともかく提灯をふらふらさせて、あちこち照らしながら路のあたりから谷の岩間を歩いて見た。

「あっ、お祖父ちゃん、あれ、あすこあすこ」

こうちゃんが、いきなりお祖父ちゃんにしがみついて指さして叫んだのは、谷の降りぎわの大きな岩に黒い影を示して倒れている、まゆみの姿であった。

「おうおう、ほんとに人じゃ人じゃ」

儀十爺さんは提灯をかかげてじっと老眼に見入ったが、

「こう坊は偉らいな、ほんとに人が倒れて居るようじゃ、どれ祖父が行って見て来ようか」

とまゆみのよりかかって、半気《なかば》を失っている岩の方へつかつかと降りて行った。

「お祖父ちゃん、あたいも行って見るよう」

とこうちゃんは素足に履いた赤い緒の草履を濡れた山路にびちゃびちゃさせて儀十爺さんにくっついて行く、

「すべるとあぶないよ」

と眼に入れても痛くないほど可愛がっている孫のこうちゃんの手を引いて儀十爺さんは、気味悪そうにそろりそろりとまゆみの傍へ寄った。空からさし込む月の光に蒼白く照らし出されたまゆみの横顔――濡れた乗馬服、泥にまぶれた長靴――手にはこれのみ離さず持った馬の鞭。――

「ははあ、こらあ馬から落こちたなあ――可愛想に……」

馬車屋さんだけに馬から落ちたらしい人に同情した。

「もし、もし、あんたしっかりなせいまし」

お爺さんはまゆみの肩をゆすぶった、その拍子にまゆみの乗馬帽子がぬけ落ちて後にすべった、白い額に乱れ散る髪の毛、ぱらりと脊に打つ短かいふっさりとしたお垂髪《さげ》……閉じた瞳、つんと高く通った気高い鼻筋、締った蕾の唇もやや色褪せて……

「やア、若けいお嬢さんだ……」儀十爺さんはこう言って声をあげた、実際ただ乗馬服を見たまでは、夜の仄暗がりで、少年か少女かさえわかりかねたのである。

「あら、よそのお姉ちゃんよ、綺麗なお姉ちゃんねえ！」

こうちゃんは今更に吃驚して、まゆみの顔を見た、

「はてな――どうして一人ぼっちで此の若いお嬢さんが此の山の夜道に――」儀十爺さんは不思議そうに呆れた。

「此のお姉ちゃん道に迷ったのよゥ」

こうちゃんの方がさほど驚ろかない。

「そうかなあ――でも狐でも化けたかなあ」

老人はこんな心配までした。乗馬服の少女の姿に化ける狐なら、ずいぶんモダン狐であろう、――その老爺と幼ない女の児の話声と提灯の灯がまゆみの耳に瞳に浸みた……

まゆみは最後の力を振り立てるように、その凜々しい双の眼を開けた。

「あっ……私……」まゆみはこう叫んで、よろめきながら岩にすがって立ち上ろうとした。

「貴女様、いったいどうなすったのかねえ？」

儀十爺さんが、ようやく狐の化けたのでないのをたしかめた様な顔つきで、声をかけつつ、まゆみに手を貸して抱き起して呉れた。

「あんた、馬から落ちたかねえ？」

お爺さんは尋ねると、

「いいえ……」

まゆみはようやく気がついたが、はっきりと答えた。

「でも、なんだ、それ長靴履いて鞭持って――馬に乗っていなすったろう……」

儀十爺さんはまゆみの立ち上った姿を見て又問うた。

「ええ馬には乗っていましたの、でも馬はもう返しました」まゆみがそう言うと、

「ええ、馬は返したって――あんた此のもう暗くなった山路を女の一人身でどうして歩いて行くつもりかねえ！　此の雨の後の山越は大の男だって容易の事じゃねえに……」

儀十爺さんは呆れ返って、ぽかんとした。

「お祖父ちゃん、このお姉ちゃんを馬車に乗せてお家へ連れて行っておあげよゥ」

こうちゃんがお祖父ちゃんの顔を見上げて言った、その女の児の声に、まゆみは吃驚したように、こうちゃんを見つめた、岩にもたれて、だらしの無い弱り切った姿をこの田舎のお爺さんと女の児に見つかって助けられたのかと思うと、まゆみははずかしかった。

「うん、あんた――お家は――おおかたお嬢さん東京の人だな、そんなら此の近くの別荘かね、別荘なんて此の山近くの村になんかねえし、伊香保から来なすったかね」

お爺さんに言われて、まゆみはうなずいた。

「伊香保はこれから戻ってゆくの、とても大変だ、それにこの夜になっちゃあ、道があぶねえ、谷へでも落こちたら助からねえ……どうしたもんかねえ――ここからわしの村までなら慣れた山路だ、馬車に乗れば造作はねえさ」

こう言いかけて儀十爺さんしきりと考え込んでいたが、

「うん、じゃあ、こうしなせい、仕方がねえ、今夜はわしの村へ馬車で行くだ、そこで夜の明けるのを待つがええだ、そして朝になったらわしが伊香保まで山を越えて送ってあげるとしようかい、それよりしょうねえだよ、何しろ、あんた雨に会ってぐっしょり濡れて居るだよ、そんな身体でここに一晩山をうろついて居た日には、朝までに死んじまうだ、ああ、危ねえとこだったなあ――さあ馬車へまあ乗っておくんなさい」

儀十爺さんは色蒼ざめて半生気を失ないかけている、まゆみの身を危ぶんで馬車へと連れて行く――もうまゆみはお爺さんの為すに任せて、その肩につかまって重い長靴を引きずって馬車まであえぎ著いた。その後からこうちゃんが、ぴちょぴちょと濡れた草履の音をさせて、いそいそついて行く、馬車の中にまゆみは引き上げられた。
「さあ、これから麓の村まで間もなくだ、汚ねい家だが、わしの家で濡れた服を火に乾しながら夜の明けるのを待つことにしなさいよ」親切な儀十爺さんは、こうまゆみに言いつつ、駁者台にこうちゃんと共に乗って鞭を颯と一打ち馬は露の山路を走り出した。

夕焼小焼で日が暮れて
山のお寺の鐘がなる
お手々つないで皆帰ろう
烏と一しょにかえりましょう

こうちゃんは可愛ゆい声を張り上げて歌う、馬車は車輪をきしらせつつ月光仄な山路を走りゆく、こうちゃんの歌声を夢うつつに聞つつ、まゆみは疲れに疲れて倒れた身体を馬車に揺られつつ……秋早い山には、何処かでもう虫の音さえきこえて――。

麓の家

榛名の山を越え渓谷に沿うて出ずる其の麓のほとり馬車屋の儀十爺さんの家がある。馬車と馬とを入れる小屋の前の垣根に夜の闇に仄白く夕顔の花が咲いて居る、家の中には小さい灯がひとつ……それも電燈ではなくて古風な釣《つり》ランプなのである、今頃東京の何処を探しても売って居ないようなランプである。

そのランプの下にお婆さんが一人、これは孫娘の可愛ゆいこうちゃんの新しい浴衣を縫って居る。

そのお婆さんの坐って居る近くに炉が一つ切ってある。夏だから火は燃えては居ないが、少し居る藪蚊《やぶか》の退治に、ひばの葉がくすぶって居たが、それも消えて一筋二筋細い煙がかすんでいる。その傍に少し塗のはげたお膳が出ている、お膳の上にはこうちゃんの好な枝豆とお茄子の煮つけのお皿がお爺さんの分と二人ならんでいる。その上に拭巾《ふきん》がかけられて二人の帰るのを待ち受けて居る。

——遠くの方から歌声がひびく……

夕焼小焼で日が暮れて
山のお寺の鐘がなる
お手々つないで皆帰ろう……

そして馬の脚音車のきしり……お婆さんの遠い耳にも聞えて来る。

「おお、こうちゃんが歌って居るよ」

お婆さんは少し曲った腰をえんやらと立てて、土間に降りお風呂の下に火を焚きつけた。疲れて帰る儀十爺さんとこうちゃんの行水の用意である。

馬車は此の麓の一軒屋の前、夕顔の垣根の傍に止まった。

「今帰ったよ――」

儀十爺さんが鞭の手を止めて降りる。

「おばあちゃん！」

こうちゃんが甘ったれて声を出して降りかけると、それを抱きかかえるように、お婆さんが手を出す。

「ずいぶん遅かったねえ、こうちゃん」

犬の子でも撫でるように、こうちゃんを抱いたお婆さんに、こうちゃんは眼を円くし

て、

「あのね、おばあちゃん、お客様よ！」

と言った。

「えっ、お客様、どれどこに……」

お婆さんはきょときょとあたりを見廻す、

「馬車の中よ、東京の人よ、馬に乗る洋服着て居るお姉ちゃんよ」

こうちゃんは何より其のお姉ちゃんが心配になるらしく、お祖母ちゃんの手から抱き降されるとすぐ馬車の中を指さして覗こうとした。——いったいどんなお客様かとお婆ちゃんが脊をのばして車の幌のなかを見ると、吃驚してしまった。天から降ったのか地から湧いたのか美しく蒼ざめた少女が乗馬服のまま倒れたように幌の中に居るではないか。

「まあ、おやおや此のお嬢さんはいったいどうなすったかい？」

お婆さんは呆れて、こうちゃんの顔を見た。

「此のお姉ちゃんね、さっき山の中で「こうちゃん」てあたいを呼んだのよ」

こうちゃんの真面目きった報告に「へーえ」とお婆ちゃんは狐につままれた顔をした。

儀十爺さんは、幌の中へ入って、

「さあ、お嬢さん汚ない家だが、此処で身体を休めるがええだ」

と、今は何んの力も抜け果てたような、まゆみを抱きかかえて車からおろした。

「病気になんなすったかね」

お婆さんが心配そうに手を貸して家へ連れ込む。

「なあに、馬に乗って出て途中まちがいがあったらしいがね」

ともかくお爺さんお婆さんは人助けとばかり、まゆみの長靴を脱がせて畳の上に寝せた。

「さあ、もう大丈夫だ、しっかりなさい、何少し休めば治るだ」

お爺さんはしきりとまゆみに気力をつけている。

「ひどく濡れているよ、洋服が――脱がないと毒だね、お爺さん――」

お婆さんはまゆみの濡れた紺の乗馬服の上着を脱がしたが――さて、

「此のお嬢さんの着更えるようないいきものが家にはないが、困ったね」

と首をかしげた。

「おばあちゃん、これお姉ちゃんに着せてよ」

と、こうちゃんが炉辺のかたわらにさっきお婆さんが縫いさして置いた元禄袖の自分の浴衣を取り上げて、いそいそと持って来た。

「ホホホホホ、そんな小さいきものは駄目だよ、この脊の高いお嬢さんが着れば、つんつるてんで膝っきりじゃあないかい」

お婆さんに笑われて、こうちゃん「そう、つまんないな」としょげてしまった。

「ばあさん、何かいい薬はうちにないかい」

お爺ちゃんに言われて、

「そうそう、富山の薬売の置て行ったのがあるよ」

と、煤けた柱にかかった黄ろい薬袋を取りおろして、中からがさがさと持ち出した丸薬、

「おばあちゃん、はいお水」

と、こうちゃんは小さい茶碗に水を汲んで、お婆さんの持つ薬のお手伝いをした。

まゆみはこうして丸薬を口にふくませられた。

「いろいろありがとうございます」

まゆみが、苦し気にでもかしこまって口をきいたので、お婆さんすっかり安心し嬉しがって、

「さあさあもう大丈夫、ゆっくり休んでおいでなさいよ」

と戸棚から蒲団まで持ち出して、まゆみにかけてやる。

「こうちゃん、おなかがへったかい、御飯だよ」

とまゆみの世話やらこうちゃんへの御飯やらでお婆ちゃんなかなか忙しい。

「まあ、このお嬢さんも今夜は此処へお泊して明日お宅へ届けてあげるとしよう」

儀十爺さんは一人合点でうなずき、土間に降りて出て、夕顔の垣に立つ馬を小屋へ小麦を与えて、馬車はがらがら小屋の中へ、戸締りをして家へ入ると、お婆さんは炉に火を起して、お粥の小鍋をかけて居た。

その脇でこうちゃんは一人でちょこなんとお膳の前に坐り大好な枝豆を食べつつ、

「おばあちゃん、そのお姉ちゃんのお粥へたまご入れてやるのよ」

とおせっかいをやいている。

ランプの仄な灯の下に髪を乱して、うつつなく眼を閉じたまゆみの顔は蒼白いながら、此の老夫婦の心からの質朴《しつぼく》な介抱にやや生色《せいしょく》を帯びて来た。

粥を煮ながらお婆さんはいぶかし気に、

「いったい、どうなすったのかね、此のお嬢さんは」

と問う。

「わしもよくは知らないよ、今晩帰る途中の山越えの谷間で、こうちゃんが見つけたのだよ、まあ立派なお邸のお嬢さんらしいね、ひどく疲れて倒れて居るから、委《くわ》しくは聞けないよ、しかし、よかったあのまま誰も助けなかったらどうしたか、あぶない話さ」

お爺さんはこう言って、気毒そうにまゆみの顔を見て、声をひそめた。

「でも、ほんとに折よくお爺さんの馬車が通ってよかったこと、今日の夕方ひどい夕立と雷でさぞお山は荒れたらしいね――」

「お蔭で商売のお客はなかったが、まあ綺麗なお嬢さんを助けたわけだよ」

「おばあちゃん、お粥まあだ、お姉ちゃんに早く食べさせるのよゥ」

こうちゃんは自分の夕食を終って、今度はまゆみのお粥を心配している。こうちゃんは不意に我家に連れて来られた、綺麗なお嬢さんのお姉さんを嬉しがって大事にするのである。そして、「こうちゃん」とさっきの闇の山路でまゆみが自分の名を呼んだと、かたく信じていたので……

一つの巣

翌日も正午頃までまゆみは我を忘れて眠って居た。

「このお姉ちゃん病気?」

と、こうちゃんは朝から心配してまゆみの枕もとについていた。

「お客様はひどく疲れて居るんだよ、そうっとしておき」

とお婆さんは注意した。

「このお嬢さんが眼をさまして元気がついたようだったら馬車でお家まで送って行ってあげるとしよう」

と儀十爺さんは待って居た。

そして、ようやく眼ざめたまゆみは、煤けた柱の一つ家の中に木綿のお蒲団の中にシュミーズだけを着たまま寝せられて居た自分を見出した。あたりを見廻すとすぐ枕もとに小さな女の児が円い眼を見張って自分を覗き込んで居た。

「お姉ちゃん眼が覚めた?」

こうちゃんは嬉しい声をあげた。

「どれどれ、お嬢さんお起きになったかい」

お婆さんが喜こんで早速地鶏卵を二つ割って小皿に載せて枕もとへ運んで来た。

「私——ほんとにお世話になりました。もう大丈夫ですわ」

まゆみは昨日の朝からの自分の行為がシネマのフィルムの様に頭の中に回転して思い出されて来た。傍のこうちゃんの顔にも昨夜の夜の山路のおぼろの提灯の火影《ほかげ》で見た覚えがあった、まゆみはこうちゃんに言った。

「あなたとお爺さんが私を助けて下すったのですね」

「そうよ、お姉ちゃん、お爺ちゃんと馬車で帰る途《みち》あたいのことを呼んだでしょう」

とこうちゃんが言ったのでまゆみはびっくりした。

「え？　あなたを呼んだんですって？」

「ええ、呼んだわよ、『こうちゃん！』て、何度も呼んだじゃないの」

「ああ、こうちゃん！　然《そ》うなの？　そう聞こえたのねえ」

「どうして、あたいの名を知ってたの、お姉ちゃん」

するとその問答を聞いていたお婆さんが笑い出して孫の頭を撫でながら、

「こう坊、そんな馬鹿なことを言うのではないよ、どうして東京のお嬢さんが山奥の馬車屋の娘の名を御存じかねえ、それは何かの間違いだよ、ねえお嬢さん」

「でも何て可愛いい間違いでしょう、お蔭で私は助けて戴けたのですわ、こうちゃん、どうも有難う」

まゆみは思わず、こうちゃんの手を犇《ひし》と握りしめた。

「お姉ちゃん、間違ったの？　じゃ誰れのこと呼んでたの？」

と、不平らしく、又がっかりした様にこうちゃんは尋ねた。

「あの、私の弟の名が章ちゃんというのよ、それで間違ったのですわね、しょうちゃんとこうちゃんと——」

「そう！　それでその弟どうしたの？」

「よそのお家へ置いて来ました」

「可哀いそうに、その章ちゃんて弟、泣いているわねえ」

あどけなく無邪気に言うこうちゃんの言葉に思わずふっと涙ぐむまゆみの顔の前に現われたのは儀十爺さんであった。

「やあ、お嬢さん、大分元気にならしゃったなあ、その様子なら今日の内にどこまでも送り届けて上げられるだ、じゃあ、そろそろ馬車の仕度にかかると仕様が」

と儀十爺さんが立ちかけると、お婆さんも、

「今朝早く乾しといた洋服も、もうかわいただから着られますよ」

と言う、なるほど裏の南瓜《かぼちゃ》畑の傍にまゆみの昨夜、雨に打たれた洋服が乾してあった。

「お婆ちゃん、早く服持ってきて上げてよう」

「どれどれ、どっこいしょ」

お婆さんが弓なりの腰を持ち上げて裏の畑へ出ると、こうちゃんがちょこちょことくっついて行く、お婆ちゃんが竿《さお》から下す洋服を下で自分の体いっぱいにうけ取って引きずる様にして、まゆみの枕許に運んで来た。

まゆみは漸《よう》く人並みの姿の出来るのを喜んで手早く着換えにかかると、こうちゃんはお姫様に仕える小さい侍童《じどう》の様にちょこちょこと走り出て、

「おばあちゃん、お姉ちゃんのお靴、長いながい靴よう」

こうちゃんに言われてお婆さんは「はい、はい」と土間にこれも乾してあったらしい長靴をその降口に揃えた、それからお婆さん何だか考えていたが、

「そうそう、あの長い長い靴足袋があったね」

と炉傍にでも乾してあったらしい靴下を持ち出して来ると、こうちゃんが又走って行ってちょこちょこと受け取って来る、おばあちゃんは仲々忙しい、裏の縁へ出ては手拭を持ち出して、

「お嬢さん、冷たい山清水で顔洗うとさっぱりしますだ、それから玉子は飲みなすったかね?」

「後で戴きます」

と、まゆみが取り敢えず顔を洗いに出ると、縁には山から引いた筧《かけい》の水がちょろちょろと手を差入れると氷の様に冷たかった、手拭を持って後に立つのはこうちゃん、

「さあお嬢さん、そろそろ出掛けましょう、お宅では嘸《さぞ》御心配だろうで」

と儀十爺さんは、馬車の仕度を仕終って声をかけた、その声を聞くとまゆみはハッと顔色を変えた。

「私、帰る家はないのですわ」

とふるえ声で言い放つと

「えっ！　何んだって」

お爺さんとお婆さんは腰が抜けぬばかりに驚ろいたが、独りその中でこうちゃんばかりはうれしそうに、

「お姉ちゃん、帰るお家ないのなら、此処にいてこうちゃんと遊んでいてよう」

その無邪気なこうちゃんの言葉にまゆみは何かすがりつきたい様な気持になって、

「こうちゃん、お爺さんとお婆さんにお願いして下さい、私、馬が使えるんです、馬車のお手伝いさせて此処にいさせて下さいってね。私、自分で働きたいんです」

儀十爺さんはいきなり土間から上へ駆け上って来た。

「お嬢さん、ちと昨夕から様子が変だと思ったが、それじゃ何かわけがあるんだね、そんな若い娘さんが、家を出て、自分で働きたいと言うからにはよくよくの事だろう、ま

あ訳を話して御覧なせえ、又何か力になれねえ事もないかも知れぬで、縁があればこそ、こうして一夜でもお世話をしたのだから」

質朴な、けれども温情満ちあふれたお爺さんの言葉に添えてお婆さんも、

「お嬢さん、独りで心配していないで何でもお話しなさるが好《え》いだ、わし達、爺婆の出来る事なら、何でもしてあげますだから」

まゆみは暫く下うつむいていたが漸く決心して自分の過ぎこし方の一切を物語った。

黙々として聞いていた二人はまゆみ姉弟の身頼りない身の上を思ってぽろぽろと涙を流した、まゆみが掻いつまんで話す物語を終り迄聞いてから、

「まあ、ほんに何という不運なお嬢様だろう。併《しか》し、それにしちゃあ、あなたはいつも運の強い方じゃ、汽車の中でおっか様を失くせば、そういう優しい先生に華族さんのお邸へ連れて行って貰えるし、何と言っても同じ不仕合せの子供達の中ではどんなに運の好い方か知れない、その折角親切にして下さる華族さんのお家を昨日出てしまったなんて言うのは、まだまだ年齢のゆかぬせいじゃろう、少し短気に思えるがなあ、今頃弟さんはたった一人の貴女においてきぼりされて泣いていはせんかな」

「でも私は弟の為めにかえって仕合せになる様にと思って辻さんの別荘から出て行きましたのです、弟は私と違って誰れにも可愛がられる素直な性なのですもの」

「お嬢さん、今時世の中にいっくら金持や華族さんが沢山あっても、他人の子にそんな

に親切にして下さるお家は金の草鞋《わらじ》で探したからって無いものですよ、もう一度考え直して、お帰りになるが一そう好いと思うだが――うちの爺さんの馬車に乗って、さあ、これから伊香保の別荘へお帰んなさるが好い」

　お婆さんは真心こめて忠告した。

「あんなに決心して出て来た私です、帰れなどと仰有《おつしや》らないで、どうぞ馬車の手伝いでも何でもさせて私を働かせて下さい、私はどんなに質素に暮してても自分で働いていたいのですから」

　まゆみの決心は強かった、儀十爺さんも、「これは仲々強情な子だわい！」と腕をこまぬいた。

「お爺ちゃん、お姉ちゃんは、こうちゃんと一緒にうちにいれば好いんだろ」

　こうちゃんが脇から話が半分解ったのかともかく珍らしい姉ちゃんをうちに止めて置く事が望みらしく口を出した。

「婆さん、どうしたものかねえ」

　儀十爺さんは困ってお婆さんに相談しかけた。

「然うだねえ、つい昨日家出したものを、又帰るのも閾《しきい》が高かろう、そのうち、心が折れて自分で帰る気になる迄、わし達で大切《だいじ》に預る事にしてはどうかね」

「それもそうだな、こんな汚ねえ家に四五日でも居てみたら此のお嬢さんだって無理に逃げ出してでも、その華族さんの方へ帰りたくなるときまっているだろうで――ハッハッハ……」

　お婆さんも肯《うなず》いて
「そうとも、然うとも、此のお子は苦労をしている様で案外まだまだお嬢様じゃものなあ、不自由のない好いお宅のお世話が嫌じゃというけれど、此の淋しい田舎の一軒家で、爺さんのがたがた馬車の手伝いなんぞする事が、立派な洋服着込んで遊び半分に馬に乗り歩くのと違ってどんなに辛いかわかるのも、かえって先の身の為めじゃもの、ねえ爺さん」

「まあ、そんならお嬢さん、此のぼろ家にいてみなさるが好い、併し一生いるわけにもゆくまい。きっとその内に心持が折れて親切な先生や弟御のいるそのお邸へ帰られる様にわし達は待っていますだ。その代り、喰べ物は麦飯に香の物、塩鮭がせいぜいの御馳走だが……」

「有難うございます、私、ただ御厄介になるのは辛くてなりません、ほんとうに何か働かして下さい」

「ハハハハハ、あんたの様なお嬢さんに野良仕事も出来めえ、まあまあこう坊と遊んででもいてやっておくんなさい、こう坊の奴、きれいなお嬢ちゃんが家へ来たので大喜びで、はしゃいでいますだ、こいつも両親には縁が薄くて、わし達爺婆の手で育っている可哀そうな奴でさあ」

「うれしいなあ、お姉ちゃんは、うちの子になっちゃったよ、こうちゃんの喰べる玉子、毎日上げても好いわ」

こうちゃんは大喜びでまゆみの肩につかまって甘ったれ初めた。

馬車受難

儀十爺さんの馬車屋の垣の夕顔は夕べとなれば仄白き花を開いた。裏の筧の水の注ぐほとりに鳳仙花《ほうせんか》の花が、紅に白に群がり咲いていた、こうちゃんは朝から晩まで、目覚めてから寝る迄の間、お姉ちゃんのまゆみを片時も手離さなかった、朝は生みたてのたった一つの玉子を大好きなお姉ちゃんに喰べさせるとて鶏小屋をのぞきに行くのがこうちゃんの日課であった、昼は昼とて鳳仙花の花を沢山千切って縁側に並べ

「お姉ちゃん、此の花を爪につけると紅くなるわよ」

とまゆみの蒼白い指の先きに塗りつけた。まゆみはこうちゃんの好いお守りさん役になって

「ほんとうに、綺麗になるわねえ、こうちゃんの指にもつけて上げましょうか、此のお花は爪につけると紅くなるでしょう、だから、爪紅《つまべに》の花とも言うのですって」

と子供には高すぎる智慧をまゆみがつけるとこうちゃんは首をまげて

「ツバメニの花！」

と舌が廻らない、
「ホホホホホ、ツマベニノハナ！　こうちゃん言って御覧なさい」
こうしてこうちゃんと遊んでいる間はまゆみは悲しみも憂いも忘れるかの様であった、思えばこうちゃんはまゆみに取っては小さきエンゼルであった。
夕べとなれば黄昏《たそが》るる夕顔の垣根の下に、こうちゃんはまゆみに手を取られて、可愛いい声を張り上げ、相変らずのお得意の童謡を唄った。

夕焼小焼で日が暮れて
山のお寺の鐘が鳴る
お手々つないで皆帰ろう
烏と一緒にかえりましょう。

こうちゃんのうろ覚えの唄のふしは処々まちがっていた、まゆみは自分の好い声で訂正してやって一緒に歌ごえを合せた。

子供が帰った後からは
円い大きなお月さん

小鳥が夢をみる頃は
空にはきらきら金の星。

こうちゃんと共に唄うその声の響き、遥かに沈む山の端の入日、その山の彼方に唯一人残し来し弟の此の同じ日の黄昏の夕日を浴びて何を思うかと、そぞろに章一を偲べば、まゆみの歌声はいつか涙に消えてゆく。

「お姉ちゃん、どうしたの？　どうして泣くの、おなかが痛いの？」

と自分も淋しげにまゆみの顔を仰ぐのだった、夜としなれば儀十爺さんの馬車は馬を走らせ帰って来る。

「お爺ちゃんお帰んなさい」

と迎えるこうちゃんの後から
「お嬢ちゃんの浴衣、買ってこられたかね」

とお婆さんに心配らしくきかれて、お爺さんは馬車の中から反物の包みをどさりと持ち込んで
「ハッハッハ――此のわしのお見立てじゃ、お嬢ちゃんにお気に入るわけは無えが、その馬乗りの洋服一枚じゃあ不自由で仕様がねえでしょう、まあ我慢してこれを着ていておくんなさい」

乗馬服一枚でいる不自由さを気にしてこうして着物の心配迄してくれる老夫婦の温い心尽しにまゆみの気質も従って今迄になく柔らげられてゆく様であった。

土間の片隅の風呂場で、まゆみはこうちゃんとお風呂に入る、昼間の悪戯で泥に汚れたこうちゃんの顔や手足をまゆみは叮寧《ていねい》に洗ってやった。

「お姉ちゃんのお脊《せな》あたい上手に洗ってあげるわね」

とこうちゃんは、そこら中シャボンの泡だらけにして無理にまゆみの脊中に廻った、お風呂の水の流るるあたり何処かでもう虫の鳴く音さえ聞えたりする。

お湯からあがれば、お婆さんの縫って呉れた新しい浴衣に赤い帯、まゆみは山に人質に捕われたお姫様のように、此の田舎の貧しい夜の灯影に姿を浮かせた。

「お嬢さん、ランプの灯は暗くて気味悪いかね――ハハハハハ、わしは電気だの自動車だのってハイカラなものはどうも気が合わねえでね、電気に負けたランプをわしは強情に使ってるんでね、それにわしの大事な商売道具、わし達夫婦と孫一人の暮して行けるあの馬車もな、此頃では自動車って魔物みたいな奴にすっかり追い越されて、もうどうにもなんねえです、わしは此の山の麓から向うの峠一つ越えて降りる口の小ちゃい温泉場の村まで客を送り迎えして暮して居たが、此の春から乗合の自動車会社が出来てからって言うものは、村のお百姓の息子まで「がた馬車の乗るのははずかしい」なんて言って、皆自動車へ乗ちまうしな、まあ考えて見れば無理もないのさ、何しろ馬車ののろのろより早くて気持がいいからね、お陰で馬車の客はへるばかり、昨日なんか、一日たった六人の客じゃあ、馬車賃が安いから、ハハハハハ困るでねえ、もういっそ馬車なんかよして、わしも来年から百姓でもして暮すつもりだがね――」

恩人の儀十爺さんの笑いに紛らし言う言葉の中にも、しみじみとどんな山奥にも文明の風はこうして古き時代の人々を敗北者とさせてゆく、哀れな悲哀をまゆみは身に浸みて感じた。

そして、其の翌朝《あくるあさ》儀十爺さんが鞭を取って馬車を走らせて出て行ったが――さて其の夜いつも帰る時刻になっても、馬の脚音も車のきしる音も響いて来なかった。

「今日はお爺ちゃん遅いのねえ――」

こうちゃんが、お爺ちゃんの帰りを待ち遠しがった。たぶん温泉場の玩具屋で何かお土産を買って来る約束でもして居たのであろう。

「ほんとうに、お爺さんはどうなすったのでしょう」

まゆみが心配して言い出す頃は、もう夜は更けて居た、その折から垣根のほとりに車の音がした。

「あっ帰ったようだよ」

とお婆さんが煤けた障子を開けて外の闇を透すと、車は馬車ではなかった、それは見知り越しの麓の村の人達が四五人大八車をひいて来たのである、そして其の車の上を一

眼見たお婆さんは思わず顫《ふる》えて、

「あっ、お爺さんど、どうしなすったかい？」

と馳け寄った。その車の上には頭にも手にも足にも繃帯《ほうたい》をぐるぐると巻いたまま、儀十爺さんが、苦し気にうなりつつ横たわって居た。

「お爺さん、しっかりしてお呉れ――」

お婆さんは泣き声を出して車に縋った。

傷ついたお爺さんを載せた大八車の周囲には村の人達と一緒に駐在所の巡査も立って居た、巡査は気毒そうにお婆さんの前に一足進み出て、

「飛んだ災難に儀十さんが出会ってねえ、今夜の帰り例の此の頃出来た乗合自動車がブウブウと後から来て儀十さんの馬車を追い越そうとするので、儀十さんたぶん追い越されるのがいやだったのか、どのみち自動車には叶わないのに負けん気で、むやみと鞭を振って馬車を急がせたので、馬が焦り出してね、とうとう崖っぷちのところで滑り落ちたのさ、それでもさすがに儀十さんだ、馬に怪我させまいと手綱を離さず引き締めて居たので、馬はかえって木の幹に支えられて無事だったが、儀十さんはこんな大怪我をしてしまってね、馬車も少し破れたが、これは街ですぐ修繕させるように頼んであげた。馬が後からひいて帰って来るよ、――まあ何事も災難だ、諦らめて医者も言う通り一月ぐらいじっとして傷をなおすのだねえ」

巡査は儀十爺さんの負傷の原因其の他について報告し慰めて呉れた。

×　×　×

その夜佗しい赤ちゃけたランプの灯のもとに、蒲団の上に繃帯だらけの身体を横たえる儀十爺さんの枕もとに、心配そうに悲しくお婆さんとこうちゃんと、そしてまゆみが集まった。

お爺さんは苦し気に又無念そうに喘《あえ》ぎ喘ぎ言う。

「どうもしまった事を仕出かしてしまったよ、いつもの乗合自動車の生意気な若い奴が、後から不意にやって来ては「おいおい老ぼれ馬車屋早く退《ど》け退け」などとどなり立てるんで口惜しくってならなかったんさ、それを今夜も山路の狭いところでどなられて……あっちが後から来たんだ、自分の方で道をよければいいのを俺の馬車を脇によせて砂《すな》烟《けむり》を立てて走りぬいて行こうってんだ、まったく癪《しゃく》にさわってね、ついいまいましいもんだからどうせ叶わないとは知りながら、鞭を当ててアオ（馬の名）に走って貰ったんだ、すると自動車の奴めブウブウとむやみに鳴らすんで、アオも慌てて脚をすべらして――このありさま、でもアオは無事で、こわれた馬車も鍛冶屋が直ぐなおしてアオにひかせて届けて呉れるそうだから、それはまあいいが、このわしがお医者さんの話ではこれから一月は寝た切り、その後も折れた骨がうまくくっつかねば馬車屋のような仕事は出来かねるかも知れないって言われるんでなあ――何しろ此の貧乏暮しで、わしが毎日馬車の客から賃金を貰わねば、家中の者が何も食べて行けないではないかね――その上お医者へも治療代を払うんだしなあ……」

儀十爺さんは寝ても居られない愁いに悶えて老眼に涙を浮かべて、老いゆく身の今日の不運を嘆くのだった。

「――私がお爺さんに代って明日から馭者になりますわ、そしてお客を運んで働きます、どうぞ、明日から馬車と馬を貸して下さいませな」

不意とまゆみが此の時凜々しい声音で言った。――お爺さんもお婆さんも俄《にわか》に返事も出来ず顔見合せた。

――外には秋早き山の夜風に樹々の梢のゆれる音が静に寂しいあばら屋をゆするように聞えて……。

失なわれし玉

まゆみの突然の家出は——ともかく伊香保の辻家の別荘の人々の胸に各々大波を起させた、夫人の部屋で珠彦と純子はまゆみについて語った。

「人の子を救おうの、情けをかけようのと思うことはたやすくても、その結果の成功はほんとにむずかしい事ですね」

こうしみじみ考え込んでしまったのは、辻家の未亡人そのひとである。

「身体は救ってあげ守ってやる事が出来ても、魂まで守ることは、まだまだ私のような人間には出来ないことだったのです——何んだか其の為にひどくお邸へ御迷惑をおかけして、いやな思い出を残してしまったようで私申しわけなく存じます」

純子はただ恐縮もし又悲しく儚なくもなってしまった。まゆみにあれほど心を尽し骨を折ってやったのに、其の甲斐もなく無断で彼女の行動してしまった事がさすがに不愉快にもなったのである。

「お母様も蔦村さんもそうしょげて嘆いて居たって仕方がないじゃありませんか、勿論まゆみさんあの人にも欠点もありますよ、しかし僕には――」

　そう言って一寸言葉をとぎらしたのは珠彦だった。

「珠彦様、貴方はさぞ御不快にお思いでしょうね、まゆみさんのあの、かたくなな心持の欠点は今までも度々お気にさわった事でしょうし――」

　純子は珠彦にあやまるように言うと、

「いいえ、僕は始めは一寸驚ろいたが、やがておいおいかえって、ああいう性格の少女を好いて魅かれるようになりましたね、というのは――」

　そう言い出す珠彦の返事は実に純子達にとって意外の言葉であった。

「僕はかねがね自分の環境に不満だったのです、僕は不幸にも父に早く別れて男爵などいう名の後継者になったお蔭で、年齢もゆかないうちに、いやに大人扱かいにされる、それはまだいいけれど、まわりの者はみんな僕を恐れてちやほやする、母だって僕を大切な家の主として尊敬してしまうのだから、実際僕はやり切れなかった、若くして位と家を継いだ青年の悲哀をしみじみ味わって寂しかったんです、ところが此の春、不意にあのまゆみさんが僕の眼の前に現れて来た、その彼女はまったく僕にとっては一つの驚異だったのです。彼女が今まで僕の眼の前に現れた女性のすべてが、若い男爵を意識し過ぎて丁寧に社交的に妙に改まって僕を扱かう例をすっかり美事に破って、彼女は僕の前に昂然と自分の誇りを保って無用のお世辞もおべっかも使わなかったんです。自分は孤児で人に救われたのに、そうした不幸な境遇によって少しもいぢけた卑しい処を持って居なかったのではありませんか――それればかりか僕が人に甘やかされ大事にされ過ぎて、いつ知らず高慢になっていた心根をぴしゃりとやっつけるような態度を示して僕を反省させてしまったのです。その上まゆみさんはあのすばらしい音楽の才能の所有者です。僕はああいう少女を辻家で後援して成長させてゆくことがむしろ辻家にとって名誉だとさへ思うように此頃はなったんです。だから僕としては出来るだけ、あのひとに尊敬と愛情の態度を示して居たつもりなんですが――やはりあの人は――まゆみさんを引きとめる力を持つ者は此の邸には居なかったのか、美しい鳥のすげなく籠を飛び去るように青空に自由を求めて行ってしまったんです。僕達に美しい様々の思出を残して……ただ残念でならないのは――あの人の音楽の才能をあのまま朽ちさせてしまうことは日本の芸術界の為にも惜しまれて仕方がないんです……」

そういう珠彦は日頃になく雄弁にまゆみに対する感想を正直に若い心のままに素直に母や純子の前に語るのだった。

その珠彦の熱情ある言葉は聞く人々の胸を打った。

純子の瞳は輝いた――それは今始めて残りなく知るを得た珠彦のまゆみに対する心理を発見したからである、彼女は息をはずませるように言った。

「私そのお言葉を伺って飛び立つばかり嬉しくてなりませんの、まゆみさんの前途に新しい光明が与えられているのですもの——それだのに、それだのに、まゆみさんは何も御存じなくて、一寸したつまづきから黙ってこの別荘を出ておしまいなすって、今何処をさまよっていらっしゃるのでしょう、ほんとに珠彦様の心から惜しんでいらっしゃる音楽の才もそのまま朽ちはててしまうでしょうに……」

純子は涙ぐんでしまった。そしてまゆみの家出を取り返しのつかない悲しいことに考えられて心は沈んでしまうのだった。

「ほんとに私もこう噂仕合っている間にも、まゆみさんの身の上にもしもの事でもあったらと気にかかります。此の上は辻家の名を出す事をはばかったりせず、どうでしょう思い切って警察へまゆみさんの保護願いを出すことにしては……」

未亡人は珠彦の真情ある言葉を聞いてから——まゆみをすてて置けない気持になったので……

「そうです、ともかくやはりそうした手続を取りましょうか、まゆみさん自身はいくら賢こくても——まだあの人は世の中にほんとに汚れた裏面を知らないのですから——」

珠彦もひどく心の中では気になっているらしかった。

「そうして戴けばまゆみさんも仕合せでございましょう——」

純子はこれほどに蔭で大事に思われ案じられているまゆみを幸福な子だと思った。その幸福を自らすてるようにして、漂《さす》らいの寂しい身になりに家出したまゆみが今度こそ、まことの人生のいかに辛く、辻家の人々の温かい愛の翅の蔭のいかに楽しきかが身に浸みてわかって、無事に帰ってくれるようそれを念じた。

「では、ともかく東京の本邸へ電話をかけて、執事達を一人誰か呼んでいろいろ其の手続きをさせましょう」

夫人が、こう言って立ち上り、廊下へ出る襖を開いた時、慌ててそのものの蔭から逃れ去る人影があった、はっとして夫人がその後姿を見透すと、それは利栄子だった。

「まあ——あのお嬢さんが、どうして此処にひっそり立っていらっしたのかしら？　立ち聞き！……」

夫人はいぶかし気に首をかしげた。

それはともかく別荘からの電話で駆けつけた執事の香取老人の取り計らいで、失なわれし玉のまゆみの行衛を探すことと、その保護は警察にまで依頼されたのだった。

綾子は姉においてけぼりにされた章一が可哀想で仕方がなかった。あてどもなく姉が家出をしたとも知らず、その帰りをおとなしく待つ章一の仇気ない姿は綾子の優しい心に涙をそっと湧かせるのだった。

彼女は毎日章一の傍を離れぬようにして遊んでやった。

その日も、母と兄と純子の三人が奥の母の部屋に集まって、去りゆきしまゆみについて相談している時も、章一を我が部屋へ招いて絵本や玩具で姉に代って遊んでやっていた。

その最中、今まで何処に一人で行って居たのか綾子の前に姿を見せなかった利栄子がそわそわして落ち着かぬ風情で入って来た。

「私、東京へ今夜帰りますわ、綾子様」そういきなり言い出されて吃驚した綾子は利栄子の袂をつかまへて、

「まあ、何だってそう帰る帰ると仰有るの、折角いらしったのですから暫くは遊んでい

らっしゃいましな」

と言うと、傍から章一も、

「お姉様はお留守だし、利栄子様も又帰ってしまえば僕、ほんとに淋しいなあ、帰らずに僕と遊んでいらしってよ」

無邪気に人懐っこく言う章一の言葉に利栄子は何故かふっと涙を瞳にふくんだ、そして章一の手を握りしめて、

「えええええ、私いつでも章ちゃんと遊びますわ、そしてまゆみさんがお帰りになったら、私ほんとに今度こそ仲良しのお友達になりますわ」

といつに似げなくしめやかに彼女は言った。

「ほんとうに利栄子様お帰りになるおつもり？」

綾子が心配そうに尋ねると、

「ええ帰ります、けれども何にも御心配なさらないで、私決して今迄の様に我儘に腹を立てて帰ろうと言うのではございませんの、私今度此処で御一緒になってからほんとうに、色々の教訓を受けましたわ、私の家庭の考え方が間違っているっていう事も解りました。そして私は母の指図通り人形の様に踊っていたのですわ、これ以上人間になるために、そして母の野心の為に此処に留るのなら、それは却って私を不幸にする事ですわ」

思い掛けない利栄子の言葉に吃驚した綾子は、

「まあ、何を仰有るの利栄子様、私解りませんわ」

「綾子様、もう何にもお聞きにならないで、先刻《さつき》の章ちゃんの無邪気な言葉を伺っても胸が痛くなりますの――私、今こそ心から、まゆみさんが一日も早くお立ち帰りになって彼の方に与えられた幸福の道にお入りになる事を願わせて戴きますわ、――貴女から珠彦様やお母様に、そして蔦村先生にもお伝え下さいましな」

こう言って利栄子は首うなだれた。

「まあ利栄子様、貴女までそんな変な事を仰有って黙ってお帰りになったり遊ばしちゃ大変ですわ、母達が心配致しますわ」

と綾子はいきなり章一の手を引いて母の部屋に駆けつけた。

「お母様、利栄子様はお帰りになるんですって、今夜直ぐ」

母夫人はその言葉を聞いた時、何故か一人で肯かれた。

「おや、そうかい、まゆみさんの事でごたごたしている時、無理にお止めするのも却ってだから、では誰れかを送らせましょうか」

夫人のその言葉を聞いたのは傍にいた純子である。

「では、奥様、私がお送り致しましょう、私も先刻申上げました様に、一先ず東京へ帰りまして、まゆみさんの荷物なども調べてみましょう、何かあの人の身分の手懸りにでもなる様なものがあれば好いと存じますが――」

「ほんとうに蔦村さんお願いしますよ、将来あの人を辻家で面倒みて上げる上からもあの人の行方を探して貰う上からも、兎に角、氏素性がはっきりしていれば、どんなに万事都合が宜しいかわからないのですから」

夫人の言葉に純子は幾度も肯いて、

「はい、そのつもりで出来るだけ、あの人に就いて調べてもみましょう、それでは今夜の汽車で利栄子様をお宅までお送り旁々《かたがた》、上京致しますから」

と純子は挨拶して立ち上り乍ら、

「私が上京している間に、今夜にも、又まゆみさんが帰ってきてくれましたら、どんなに嬉しゅうございましょう、ねえ奥様」

「ほんとうに、ねえ、私もそう願っていますよ」

そういう夫人の声を後に純子は汽車の時間に間に合う様にと身仕度に我が部屋に引き返した。

そして其の夜、利栄子と共に綾子に送られて伊香保を後に東京に向った。

利栄子を邸に送り届けてから辻家へ戻った純子は邸内の我が棲居に入った。

彼女は一息する間もなく、まゆみの勉強部屋にきめておいた室の扉をあけた。

如何にも、まゆみの気性らしく、一糸みだれず、きちんと形づけてあった、そして此の部屋の主は再び此処に帰るのか帰らぬのか解らぬのである、そう思うと、ふと純子は暗然として立ち止った。

戸棚をあけると、其処には、東海道の列車中、母を失った折から持っていた大小二個のスーツケースの中の大きい方が残されてあった。伊香保の章一の手許に残された小さい方のスーツケースの中には二人の僅かな夏着だけだったのを思い浮べながら、純子は若しや鍵がかかっていたらと案じ乍ら手をかけた、併しその心配はなくそれは直ぐに開いた。

その中には上の方にはまゆみ姉弟の冬着が少し納めてある。そして次には良き母の今は悲しき遺品《かたみ》となった衣類が重ねてあった、仄かに匂うナフタリンの香さえものの哀れをそそるようである。こうした亡き人の衣類を見たとて何んの手がかりになろう――純子はそのまま鞄の蓋を失望して閉じようとした時、その衣類を折り重ねた片隅に小さな革張の小箱がちらと見えた。

「何かしら、指輪の箱かな……」

純子が何気なくその小箱を取り上げて蓋を開けた一瞬彼女は颯と顔色を変えた。

「まあ！」

彼女は小さい叫び声をあげてその小箱の古びたビロードの内側に豊麗な紅色珊瑚の彫り物を見守った。

驚愕から疑惑に、純子は少しふるえる指先にそれを摘み上げた、それは帯止にでも使っていたらしく裏に薄く銀台が取り付けてあった。その銀の裏打《うらうち》をみた純子の頰からは、すうっとさっきの苦しげな緊張の色はとけて行った。

「まあ！」

再び彼女はつぶやいた、併し今度は救われた様に、ほっとした様に。

もう一度、表を返してその小さい彫刻物を掌の上に純子はじっと見守った。それは質の好い紅珊瑚に小さく可愛いく二羽の紅雀を向い合せに彫り上げた楕円形のメダル風のものだった。

その可愛いい紅雀を眺めている純子の面持は、けれどやっぱりそれを眺めているというにふさわしいのどかな微笑ましいものではないようだった、何か別の焦慮が彼女の気持を騒がせている様にみえた。

何か不思議な謎、神秘に向い合った様に純子の静かな眉がひそまり、わけのわからないときめきにみだされている様な風だった。純子は立ち上って自分の居間に入った、片側の壁によせて、質素な裂地《きれ》に覆われた寝台の枕許に古いマホガニーの化粧台が据えてあった。その化粧台の鍵のかかる小さい抽出《ひきだし》から、純子のやや乱れ勝ちの手が取り出したのは、宝石箱と名づけるのにはあまりに質素であったが、小さい木彫の手筥《てばこ》だった。古風な指輪、小さい祈禱書、それらと一緒に純子は柔らかい紙に包まれた一連の珠数を手に取り上げた。それは珠数という東洋風な感じとはまるで違った、極く細かい珊瑚の珠を連ねて、その間を金色の鎖りで縫った、天主教のそれにしても美しい若やいだ異国の乙女の頸《くび》に、いいえ胸飾りにでもふさわしい様なコンタツだった、そしてその中央に重たげに垂れたやはり紅色珊瑚のメダル、それを掌にして純子は一瞬そっと瞳を閉じる様にした。

今、純子の両の掌の上に見比べられる二つの紅色珊瑚の彫刻、それはやや大小の違いはあったが、その質、その色、その色つや、そのレリーフの図柄まで、まるで同じ物、一つのものとしか思われない程、よく似通っていた、似通っていたというのではもどかしい、それは不思議だった、ほんとうに不思議だった。

さっき純子がまゆみの持物の中からその珊瑚を見出した一瞬、純子の心を打った驚き、それと一緒に純子が若しや若しやまゆみが——盗み心を——という様な疑いと恐れに蒼ざめたのは当り前だった。併し、銀の裏打が純子の気持を救った、何故なら純子のには裏打はなかった、ほっとすると一緒に純子は、まゆみを疑った事を恥じたが、傲慢な位いいえ傲慢な程気高いまゆみが、そんな事をする筈がないのは純子だって初めからわかっていたのだった、わからない事、どうしてまゆみがこれを持っているのか、その事が純子の心をいっぱいに占領してしまった。そして、あの忘れるとてはなく、いつとなく気持の片隅に静かにひそまりかえっていたもの、もうやがて十年に近くもなろうとする思い出、しかし決して忘れる事のない少女の日の白日の夢が、大きな波紋を描いて純子の気持を騒がし、そのままの姿に立ちかえって来たのだった。

純子の思い出

純子の父がまだ海軍の現役の将校だった時分、母を失ってしまった純子はその母の実家のある長崎の町に生い育った。

それは南国の柔らかな風物と、旧い文明の伝統が守られた街であった。水と灯の美しい静かに落ちついた港町は、その中に言い知れぬ異国風のさまざまの夢や、憧憬の影をおとして穏かにまどろんでいるという風にみえた。純子はその温かい山と水と、和やかな人々の気持の中に囲繞《いにょう》されて夢の多い少女時代をその古いカソリックの女学校に学んだ。

純子の母の少女時代からずっとそこの天主堂の傍の木造の二階建の洋館、その二階の長いベランダを聖書を片手にこつこつと同じ調子同じ姿にゆきつもどりつしていられる神父様の穏やかな童顔、五人の童貞尼の黒い衣裳と黒い被物、此等の人に守られて、その女学校は長崎の海をみはらす丘の上にそのつつましい木造の古びた姿を保っていた。

十七の純子、それは純に淋しげな少女だった、張りのある口許、清げに通った鼻梁、そして生き生きと輝く大きな瞳は、純子が、聡明な理性と明るい熱情ににおう少女である事を物語ったにしても全体の純子の姿は淋しげにかぼそく痩せてみえた。それは恐らく母を亡い父と離れそして又兄達とも別れて、こうして祖父母と叔父との大人ばかりの旧い大きな家の中に棲む少女の自然の姿であったのであろう。よし、それがどんなに愛されていたにしても十七の少女にはもっと外のいろいろなものが必要であったのかも知れない。

そうした頃のある晩秋の一日、純子は学校からの帰りを、海沿いの道にとって、ひとりっきり浦上《うらがみ》のその大きな旧い我が家の方にうつむき加減に歩いていた。

ふと純子は行手の崖の端に見慣れない人の姿を見付けて一寸立ち止る様にした。それは画架《がか》を前にして海を眺めている一人の若い男だった、汚れたレーンコートの袖のあたりには油絵具のしみもあった。そのレーンコートのポケットに手を突込んで打ち案じる様に長崎の海を眺めている。

純子は何だかふっと面白い様な気がして微笑しそうになったのを止めて、足音をはばかる様にその後に近づいた。そして通り抜け乍らそっと歩を緩めてのぞいた画架には、まだ何にも描いてはなかった。

「まあ！」

純子は心の中でつぶやいてその男を見返った、頭の毛をもじゃもじゃにしたその男の横顔は夕日を受けて絵の様な陰影をみせて相変らず長崎の海を眺めているのだった。純子はそっと遠ざかり乍らその不思議な印象を一寸の間くりかえしていた。丈の高そうな、がっしりとは言えないがしっかりした身体つき、高い鼻、彫刻の様な横顔、そしてあまり立派でない服装、何にも画いてない白いカンパス、でも直きにそんな事は忘れてしまったが、その翌日又その途にさしかかった時、その日は、薄曇りだったのがその頃になってほんとうに降り出していたのだったが、その傘の端れに昨日と殆んど同じ場所に同じ様な恰好で、ただ今日は一生懸命に筆を動かしている昨日の人を見出した時、純子はびっくりした様な、待ち設けていた様な、そして何だか親しげな気持にさえなった。純子は昨日と同じ様に足音をひそめて後に近づいた。

真白だったカンパスは今日は縦横に荒い筆跡がしるされていた、純子はその絵の上のまだ大ざっぱな景色がその湾のどこの部分に当るのか二三度、海とカンパスとを見比べてみた、と、そのカンパスの上にもその画家の黒い帽子や手の上に、雨の滴のかかっているのに気がつくと、我知らず自分の傘をさしかける様に手をのばしてしまった。

若い画家の手は夢中の様に動いている、純子は見慣れたこの海の景色がカンパスの上に、何だか別のものの様に生かされてゆく事に、興味を覚えてじっと佇んでいた。

ふと向うから車を引いた百姓らしい物音と話声が聞こえてきた、純子はふいにそうして見知らぬ人に傘をさしかけて佇んでいる自分の姿に困惑を感じた。でも雨はやっぱり降っている、無情に傘を引いてゆく事は少女らしい優しさが躊躇させたし、そしてまた逃げ出してゆく様に見えはしないかという懸念は小さい自尊心が許さなかった、純子は困った様に後を振り向いた。

「お嬢さん、どうも有難う」

太い気持の好いバスの声がふいに純子のすぐ後に起って、その青年は腰かけを手に持って純子に並んで立ち上った、車を通させる為めであった。

純子はぱっと赤くなって、どう返事して好いか自分でも解らなかった。

車が通り過ぎると純子の蛇の目の傘の中に、思いの外に脊の高いその青年の顔が純子の上からのぞき込む様にして親しげに微笑している。青年——でも十七の純子にはその人は三十位にも三十五位にも見えた、ずっと年上の人だという気持が純子を楽にさせた。

「お嬢さん、どうも有難うございました」

画家はもう一度丁寧にそう言って頭を下げた。

「でもどうして傘をさしかけていて下さったのですか」

「どうしてって——」

純子は真赤になり乍ら、でもおかしくなって笑い出してしまった。

「雨が降っていたのですもの」

純子のあんまり巧まない無邪気な返事が画家を笑わせた、二人は急に親しくなった様な気がした。

　雨が少しひどくなった、画家は一寸眉をひそめる様にして立てかけた画架に手をかけた。

「駄目かなあ」

　やがて思い諦らめた様に道具を片づけ初めた。

「昨日も此処をお通りになりましたね、お嬢さん、学校の帰りですか？」

　片づけ始めると快活に話しかけた。

「ええでも、御存じでしたの？　私、そうっと通ってゆきましたのに、じゃ今日も私の来たのおわかりになりました？」

「いいえ、でも直き解りました、傘をさしかけて下すったのですものハハハハ」

「まあ！」

　純子はもう一度頰を染めたが、今度は却って勇気を得た様に言い出した。

「あのう、濡れてお帰りになりますの？」

「ええ、けれども絵をしまってしまえば大丈夫なんですよ」

　仕舞い終った絵具箱にカンパスと畳み椅子を持ち添えて、よごれたレーンコートの襟を立て、黒い帽子のつばを引き下げる様にしながら笑って立った。

「でも、私の家、直きそこですのよ、お寄りになれば、傘ありますわ」

そういう純子の熱心な顔を見返して、画家は一寸真面目な顔をした。

「そして、明日私が又此処を通る時にお返し下されば好いでしょう」

「好いんですか？」

「ええ」

今度は純子が微笑んだ、そうして二人は純子の家に行った。

代々、旧家の女主人である純子の祖母は気持よくその画家、三浦《みうらみちや》廸也《みなり》を迎えた。途で雨に降られた画家に傘を貸すのは当り前の事だった。廸也の貧しい服装にも似合わぬ気品と芸術家らしい率直さを愛して祖母は廸也を夕食に招ずると言い出した。廸也は長崎の市中の貧弱な借家にいるのだった、其処に、欧洲通いの仏蘭西船が寄航するのを待っているのだった。あと十日余り、日本の土地にさよならを告げて異郷に向おうとする貧しい旅人の気持を慰め、温かい団欒を、楽しい思い出を贈ろうとする老人らしい思い遣りが、それから二日許《ばか》り後には、遂に廸也をその浦上の純子の家の離れに迎える事になったのである。

楽しい清らかな十日の思い出。

純子は生々として学校から帰って来る、廸也のあの描きかけの絵は二日ほどで終ったが、廸也はその時刻にはいつもあの途端まで純子を迎えに出た。

廸也は時々老夫婦と純子達を相手に、それから又時々は純子だけを相手に、自分の身の上をぽつりぽつりと話した。

　廸也には父も母もなかった、妻も子も、――たった一人の兄があるのだったが、その兄が生家の財産を費いつくし、廸也が継いだ養家のそれをも、ほとんど一文なしにしてしまった。

　併し廸也はその兄を恨んではいなかった、ただ好人物の兄が山師の手に乗せられて、財産も名誉も失った事を痛ましがっている様だった。そしてその兄の妻、自分にとっては嫂《あによめ》にあたるひとがどんなに美しい優しい女性であったか、廸也は晩秋の水の流れる様な夜気の中の離室《はなれ》の縁に純子を傍らに語った。

　ふと黙ってしまった廸也をいぶかしむ様に、純子がその手をゆすぶった時、廸也は、はっとした様に苦笑してつけ加えた。

「僕はもう一人のひとの事を思い出したのですよ、僕が憶えていようと思う女のひとは三人きりいないのです、ひとりは今の嫂です、それからもう一人はその嫂の妹で僕の許婚だったひとなのです。今はもう然《そ》うじゃない、どこかへ嫁いでいるかも知れない、兄が失敗してしまうと一緒に嫂の実家では怒って嫂に帰って来る様に言うし、僕とそのひとの妹の婚約も解いてしまったのです。嫂は帰りはしませんでしたけれども、そのひとと僕とは何でも無くなったのです。純ちゃんは僕がそれで悲観して外国へ行ってしまうと思っている様だなあ、――そうじゃない、そうじゃないんだ、そのひとは快活で気持の好い少し我儘なお嬢さんなんだ。そして僕とは兄妹の様に仲が良かったし、いいやあんまり仲が良すぎて許婚なんて考えられなくなってしまった。ほんとうに妹だったのですよ、僕は弟も妹もいないでしょう、だからそのひとの事は今でも妹と同じ様に思えるのです、向うでもそう思っているのです」

廸也は純子が大人ででもある様にしんみりとそんな話をして優しげに空を仰いだ。

「まあ！」

純子も小さく吐息をして同じ様に空を仰いだ。それは美しい澄んだ秋の夜の空だ、純子の可憐な小さい胸に何かしめやかな優しいものがその息のたびにそうっとしのびやかに流れ入って来る様だった。

「それから、もう一人のひとは――」

廸也は気を変えた様に快活に純子の方に向き直って言い出した。

「ええ」

「純ちゃん、貴女のことですよ」

「まあ！」

純子は息をつめた様に小さく叫んだ。

そんな美しい優しい物語の中のひと達の様な大人の女のひと達の中に、小さな純子が一緒になる事が出来るのでしょうか。

艶也の心の中に一緒に棲む事が出来るのでしょうか、純子は頬が上気して胸の動悸が聞こえる様だった。

「こんな長崎と言ってはいけないけど、僕だって発つ前に長崎を一度見て描いてみたかったんだから——でもやっぱりこんな長崎の街の片隅にあなたのような少女をみつけようとは思わなかった、僕がさようならをしてゆこうとする日本の僕に贈ってくれた一番大きな贈物は、あなたの思い出だ、純ちゃん、僕は日本に帰って来たいとは思わなかったけれど、今は何んだか帰って来たい様な気がする、三年、三年の後にもあなたは今の儘だろうか、あなたはやっぱり長崎にいるだろうか。僕は帰って来る、三年たったら、そしてあなたの姿を描かして貰うのだ、此の間から僕は何遍もあなたの姿を描かして貰いたいと思ったのだが、あなたのその純粋な気高い処女の姿をうつすのには僕の気持は今弱って疲れているのだ、そしてもう時もない、僕は好い加減なものはいやだ、純子さん、待っていてくれますか、僕を、そして僕に描かせて下さい、僕は——」

艶也の熱に浮かされた様な言葉は切れた、純子は言い知れぬ熱情に蒼ざめる様な気持になり乍ら、

「ええ、私待って居ります、此処に、こうして——」

袂に面を被うて訳を知らぬ涙にとぎれ勝ちに答えたのだった。

その翌々朝、艶也は仏蘭西船の佗しい二等船客となって故国を離れて行ったのだった。

× × ×

その翌年の春、伊太利《イタリー》のナポリから廸也の送った小さい小箱と簡単な手紙とが純子の手に届いた。

一つをあなたに一つを嫂に、もう一つを彼の妹に、ナポリの珊瑚の彫りの同じのを見立ててお送りします。あなたのには、同じ珊瑚の細い珠数を一緒にお送りしました、旅先で細工を頼むひまがありません、お手許で珠数の真中にそのメダルをお入れ下さい、皆々様によろしく。

木の小筥《こばこ》の中に幾重にも包まれてあらわれたのはあの紅雀の珊瑚のメダルと珊瑚の細いコンタツだった。その前にも二通ばかり手紙が届いた、その後にも間を置いて三四通、一年あまりの間に届いた、その後にはもう便りは途切《とぎ》れた、つつましい純子の手紙を幾通も無駄に、池に投げた石ほどの反響もなく送られた。しかし純子はあの言葉を忘れなかった——三年の後にもあなたは今の儘だろうか、あなたはやっぱり長崎にいるだろうか、僕は帰って来る、三年たったら、——

純子は空しく待った、現役を退いた父が沼津に隠棲して純子を迎え様とした時、学校の専門部を卒業する事を無理に言い立てて、長崎に止ったのもその為めだった。

併し三年は直ぐに経った、廸也は帰って来ない、何のおとずれさえもないのだ、でも純子はまた待った、四年、五年、そしてその内に純子は祖母を失い祖父を失った、純子は長崎を離れなければならなかった。

父の許に来た純子は諦らめながらも勧められる結婚を肯《がえん》じなかった、おお決して――そして間もなく又三四年の日がその間に堆《つ》み重ねられた、今純子は辻男爵家にやはりひとりみの清げに淋しい生活をしているのである。

その夜純子は伊香保の辻未亡人と珠彦綾子宛に長い長い手紙を書き送った。

不思議な珊瑚の紅雀の暗号はかくて辻家へ知らされたのである。それと同時に純子の過ぎし日のロマンスも……。

空いた椅子

一年で一番長い夏のお休みもおしまいになった。

海からも山からも引き上げるひと——そして聖マリア女学院の校庭に教室にはいっぱい少女は元気に満ち溢《あふ》れた。

「私もうお休みもおしまい頃は倦いてしまって、早く学校へ来て皆様のお顔が拝みたくなりましてよ」

などと、早速社交的手腕を発揮して居た人もいる。

その始業式の日に綾子が登校すると、

「あら、まゆみさんあの方は？」

といち早く尋ねたのは、藤倉篤子さんだった。このひとは、すでにまゆみ崇拝をもって有名なのであるから……

「まゆみさんは一寸……」

綾子は真実を告げていいものか悪いものか迷ってしまった。でも根が素直で正直でゆえとても空々しい嘘はつき切れない。

「どうなすったの？　あの方御病気？」

篤子は心配そうに詰めよった。

「いいえ――」

綾子がまごまごすると、篤子はなおさら詰めよった。

「いったいどうなすったの？」

綾子は困ってしまい、又篤子がまゆみに十分の好意を持っている事を知って居るので、思い切って言ってしまった。

「家出しておしまいなすったのよ」

「え？　まあ、いつ？」

篤子は吃驚仰天して、大きく眼を見開いた。

「伊香保の別荘へ御一緒に私達参って居りましたの。その時お兄様の馬にお乗りになって朝早く誰も気のつかないうちに山を越えて何処かへ行っておしまいになすったの。馬だけ山百合の花を一枝さして帰りましたの。今私の家でも秘密にいろいろ警察へもお願いして探して居るのですけれども――まださっぱり行衛がわかりませんの。残された弟の章ちゃんが可哀想で私も毎日寂しいんですの――」

綾子は吐息と共にかく告げた。

「まあ——山百合の花を馬に托して、そして御自分は雲がくれ、ひどく古風にロマンチックねえ、さすがはまゆみさんらしいわ。だから私あの人を好きなのよ」

篤子はまゆみの家出振りにまで感服してしまった。

「いくらロマンチックだって、困りますわ。私も兄も母も蔦村先生もあの人が無事で帰るまでは皆沈んで案じて居ますのよ」

綾子にそう言われると、

「そうよそうよ。どんなに御心配でしょう、又此処に一人心配する私がふえたわけですわ。でも伊香保にいらっしたの！　そう、残念だったわ。私、では海をよして、いっそあっちの方へ行けばよかったわ。今年ね、私のお祖母様がリョウマチなんてへんな病気の保養に、たいへんよく利く温泉だって言う何んでも伊香保の近くの上州の小さな田舎の温泉へ行って今でもまだ居ますのよ。私にもついて一緒に行くようにお祖母様は仰しゃったのよ。でも私年寄りと一緒に朝から晩までお湯漬けになって居るのなんて真平だって、弟達と房州の海へ行ってしまいましたの。まあ、まゆみさんが伊香保へいらっしたのなら、私もお祖母さん組に加わってその田舎の温泉へ行き、伊香保の綾子様の別荘へ遊びに伺えばよかったわ。だってその温泉の村から榛名の山一つを越えて降りると伊香保はじきだって言う話ですもの」

篤子はひどく残念がった。

「ほんとにいらっしって下さればよかったわ。そしてまゆみさんが家出なぞ決してなさらないように貴女に見張りして戴くとよかったのに——ホホホ」

綾子も半ば本気で言って笑い出した。

「ええ、そうよ、私が貴女の別荘へ伺って居たら、まゆみさんに家出なんかする隙の無いほどしつっこくつきまとって居てあげましたわ。それにねえ——私海からまゆみさんへお便りのお手紙上げようと幾度も書きかけましたのよ、でもうっかり書いてあのまゆみさんに軽蔑されたら大変だと思って、よしてしまいましたのよ……」

篤子は見かけよりも大変はにかみやさんだった。

「ホホホ御遠慮なさらずに貴女の名文で美しいお手紙まゆみさんへ下さればよかったのに——」

綾子がおかしがると、

「ところが、それが名文だからもしかして、へんなことでも書き出してしまうと大変でしょう」

篤子は真顔だった。

「このお話ほかの方へは秘密にしておいて頂戴ね——貴女お一人にお話しただけなのですもの」

綾子が念をおすと、

「勿論《ナチユラルモン》！　絶対秘密を守りますわ、でもまゆみさんがいらっしゃらないと、クラスの中星《うち》が一つ流れてしまったようで寂しいのね。私今夜からマリア様にどうぞまゆみさんが一日も早く又綾子様のお家へお帰りになるよう祈りますわ」

篤子は心からしんみりしてしまった。

「ええ、私もよ、毎日あの方は今日どこの空をさまよっていらっしゃるかと思って祈っていますの。どうぞあの方の上に雨も風も烈しくないようにと……」

去りゆきし、まゆみを思う二人の心はやさしく同じだった。

クラスの中に一つ主のない空いた椅子——そのまゆみの欠席の椅子が眼にふれる度、綾子も篤子も胸が痛むのだった。

そして又その椅子を見る度顔を曇らす人がクラスにもう一人居た、それは利栄子であった、

「利栄子様この秋から少しサンチマンタルにおなりね」

こんな批評が彼女に起きた位だった。

しかし、何が彼女をそうさせたか、その原因はクラスで誰も知るを得なかった。又まゆみの欠席も表面は病気とのみ言われて、その真実は、綾子と篤子と利栄子三人の胸にのみ秘められて居るのだったから……

夏休暇《なつやすみ》の最後の日まで珠彦は伊香保の別邸に居残った。もしや万一まゆみが家出の旅

の疲れ果てた身体でとぼとぼと再び辻別邸の門を辿って入らぬかと、それを彼は心待ちに待って居たのであろう。しかし、それも空しい望となった。

すでに伊香保の山に秋は来て、浴客の姿は見えず、紅葉の頃までは温泉の街もさびれて、別荘の門はかたく閉されるというに、一人止まって待った珠彦の許へまゆみの姿は現れなかった。

そして珠彦は寂しい気持で帰京したのである、――まゆみを探すことは到底望がないのか――人々は顔見合せた。

そして、その解けぬ謎の紅雀よ！

帰京後純子の手許から差し示された、二組の珊瑚の紅雀は永遠に謎を秘められる如く、夫人の黒塗金蒔絵の手文庫の中に預けられた。

「まゆみさんさえ見つかれば、この紅雀のいわれもわかり、純子さんの今まで待つ其の三浦さんという画家の消息もわかるのですね、どうぞまゆみさんの行方がわかればいいが……」

夫人は今純子の為にも、まゆみの再び現れて一切の謎を解いて呉れる事を切に切に望むのだった。

「でも、紅雀の形に彫った珊瑚はナポリでもたくさん売って居たのか知れませんし、ハルピンにいらしたりしたまゆみさんですから、どこかでお父様にでも買ってお貰いなすったのかもわかりませんわ……」

純子は心の一方では又そんな頼りないことも考えたりするのだった。

第三の紅雀

実業家村内翁《むらうちおう》の自ら設計した大庭園開きの園遊会がその秋の頃あった。

庭の風致は塩原《しおばら》の一部を模したものとかで、広い庭園内に渓谷《たに》を作り大岩を配置し、その流れの上に数千株の紅葉の樹を植え、秋となれば一度に色づく錦に飾られるのが主の大自慢だった。

村内翁は辻男爵家の先代と親交のあった人とて、その園遊会にも辻家は招待された。

珠彦はまゆみの事件以来、憂欝にしていて、そんな園遊会などに一切出たがらないので、未亡人が綾子を連れて当日行くことになった。

「お母様、章ちゃんも一緒に連れていらっして、「姉さまはまだハルピンから帰らないの」ってさびしそうにしているのを見ると、ほんとに可哀想ですわ、賑やかな園遊会へ行けば子供ですから面白く気が紛れるかも知れませんもの……」

綾子は何かにつけて章一のことを忘れず考えてやるのだった。

「そうそう、あの子も連れて行きましょう」

夫人も快よく同意して、自動車に三人乗って、当日の園遊会に出向いた。

交際の広いのを誇る村内翁とて、その日の催に来り集まった人々は知名なる高位高官、或は指折りの富豪の家族連れが多かった。

余興の大神楽《だいかぐら》や和洋管絃楽の音色は秋の紅葉の庭につどう人々の足を浮かした。

章一は綾子に手を引かれて、美しく飾った夫人令嬢、モーニング姿の紳士達の中で童話に出て来る王子のように愛くるしくして居た。

「おや辻様にこんなお小さい若様がいらっしゃいましたの」

などと夫人に問う人さえ有った。

お団子、おすし、おしるこの模擬店の旗や天幕のならぶ中に、楽焼の場所が有った。主の希望で当日集まった客が記念に何かお皿か花瓶か湯呑に一筆絵でも字でも書いてゆくようにと、そこで言われるのである。

「章ちゃん、貴方の上手な絵をお描きなさいな――」

綾子は一つのお皿を取って筆と絵具をそろえてやった。

「僕うまく描けないと困っちまうな――」

章一は首をかしげながらも、言われるままに一生懸命に紅葉の写生らしいものをお皿の上に描き始めた。

「ホホホ、歌を書けって仰しゃるの、ホホホ、私もこれで娘の頃は歌も習いましたが、此頃の新派の歌とはちがいますのでな……」

　こんなおかしな事を仰山に言い散らしながら、楽焼の店へどっしりと腰かけた人の声に綾子が笑って振り返ると、それは利栄子のお母さんの鉄子夫人だった。

「まあ、小母様、お久しぶり……」

と綾子が挨拶すると、お鉄はじろりと綾子を冷たい眼で見たが、

「おや、綾子様ですか、此の夏は利栄子が伊香保で大変お世話にあずかりまして……」

と妙な針を含んだ言葉だった。

「利栄子様、きょうは？」

「あの子はもう此の夏以来いやに元気のない子になりまして、私なぞと一緒に何処へも行って呉れなくなりましたよ、ほんとに困った娘になりましてね……」

と素気なくまるで利栄子をそうさせたのは、すべて綾子の責任みたいな顔をした。そして、

「あの、まゆみさんて子はまだお邸へ戻りませんの？」

と意地悪げに尋ねた。

「はい、まだ……」

　綾子が力なくしょげて答えると、それ見たことか、と勝ち誇った様にお鉄は、

「ホホホ、そうでございますか、どうせ何処の誰の子か素性もわからぬ子ですから、や

はりお邸のような貴族のお家庭が窮屈で居たたまらないのでございますよ、そうそう猫もかぶり切れず……それで出てしまったのでございましょう。今頃は浅草公園あたりで不良少女の大将にでもなっていることでしょうよ、ねえ綾子様、お邸でもとんだ子をお世話なさいましたねえ……」

こんな憎まれ口を平気で言い発つ、成金夫人の無教養さに綾子は言い返す言葉もなくただ呆れてしまった。

「ではごめん遊せ、私あちらに用がございますから——」

とお鉄は言うだけのことを言ったら気がすんだ様にさっさと着飾り肥えた身体を運んで行ってしまった。

——まあ、あんな無智なお母様をお持ちになる利栄子様は御不幸だわ——綾子は心の中で叫んだ。そしてもしや章一が姉さんを罵しられた言葉を聞きはせぬか、と章一の方を見返ると彼はお鉄の声など耳にも入らぬらしく、汗を顔に浮かべてせっせと絵具を楽焼の皿の上に塗りつけて居た。

「どう、章ちゃんお上手に描けて?」

と覗くと、紅葉の樹の茂る中に四阿屋《あずまや》のある風景画がいかにも童心を踊らして、子供の自由画として無邪気に描き現されて居た。

「あら、なかなかよく描けましたわ」

綾子がほめる傍から涼しい声音で、

「まあ、お坊ちゃま、お上手ですこと、絵の天才でいらっしゃいますね」

と賞讃の言葉をかけたのはまだ若い美しい夫人だった。青磁の裾模様すらりと着流して嫋《しな》やかに綾子の隣から章一の絵をさし覗いて感心したのである。

「可愛いいお子さんでいらっしゃること、貴女の弟様？」

若夫人は尋ねた。よくよく章一の愛らしい少年の姿に心を魅せられたのであろう。

「いいえ、よその坊ちゃんをお預りしていますの」

綾子はこういう風に答えて置いた。

「そうでございますか――」

夫人はいつか章一の前へ腰かけた。見知らぬよその美しい小母さんに賞められて章一は嬉しくもあり、又はずかしくもある様な表情で絵筆の先をなめたりした。

綾子は自分の愛して大切にしている章一を優しくほめて下さる美しい夫人の言葉嬉しく、その姿微笑んで見た時、綾子は思わず飛び上がるほどはっとした。そして口走った。

「あら、紅雀！」

その声は早くも夫人の耳に入った。にっこりとあでやかに笑った、夫人は真白い指先に自分の締めている花模様浮織の丸帯の中を締めてぱちんと合せた、帯止めの金具に飾られた珊瑚で彫った一つがいの紅雀をさし示した。

「ホホホ、これのこと仰しゃるの」

綾子は其の時思い切って聞かずには居られなかった。

「あの、それはナポリの珊瑚の細工でございますの？」

「あの、お嬢様のお眼の高いこと、これは仰しゃる通りナポリのものを送って戴いたのですの。もう古い品ものでございますわ」

それを聞くと綾子は胸轟かせた。

「一寸お待ち下さいませ、私、あの、あの、母を呼んでまいりますから――」

綾子は慌てて立ち上がり母の姿を探した。母夫人はいつの間にか楽焼の店を離れてあちらの木立の中に知り合いの夫人達と何か話し合って居るのだった。

「お母様、お母様、あの紅雀が又みつかりましたわ」

綾子は息を切らせるように、こう言って母の袂を引いた。

「えっ、何、又紅雀ですって――」

綾子に引張り出されるようにして、由紀子夫人が楽焼の店の中へ来られた時、其処には呆気に取られて、先程の若い美しい夫人が眼をぱちくりさせて居た。

「あの、まだお名前も存じ上げませんのに、勝手にぶしつけでございますが、娘の綾子が奥様のお帯止のお細工を見つけて騒ぎますので――どうぞお気持をお悪くなさいませんように……実は一寸その紅雀について私共の家にわけがございますので……」

由紀子夫人は若いよその見知らぬ奥様の帯止の紅雀を見ながら少し恐縮してこうまず最初に口を開くのだった。

ぽっとうす赤くなった若夫人は、

「ホホホホ、いいえ、あの何んでございますか、そのわけとは——私はただこれは古い人の遺品なのでまだ大事に時々使って居ります品ですが……さきほどお嬢様がごらんになって大変吃驚遊したようで……実は私もびっくりいたしましたの……ホホホホ」

と笑い出された。

「実はそれでございます、申しおくれましたが私は辻由紀子と申しまして——」

と夫人が名刺をまず差し出されると、

「ああ、よくお名前は存じ上げて居ります。様々の慈善団体によくお働らき遊す方で——私はほんとうに名もない不束《ふつつか》な者で申し上げる甲斐もないのでございますが……」

とつつましく、若い夫人の差し出す名刺には（沢ふみ子）と記されてあった。

「あの、では有名な仁寿堂《じんじゅどう》病院の沢医学博士の奥様でいらっしゃいますの？」

と、由紀子夫人は婦人雑誌の口絵写真で見覚えのある博士夫人を思い出した。

「ええ……」

ふみ子夫人ははにかんでうなずく……。

御挨拶はこれでひとまず——そして由紀子夫人は本問題に入った。

「実は突然こんな事を此処でお話申し上げておかしいのでございますが、奥様のその珊瑚の紅雀と同じものを、私の家に故あって居ります此の子の――」

と章一を指して、

「姉が一つ持って居りまして、又それと同じものを、此の娘の綾子の家庭教師にお願いしている方が持っていらっしゃるのでございますよ、それで今綾子が奥様のを見つけて、あんなに子供らしく騒ぎましたので大変失礼をいたしてしまいました、おゆるし下さいませ……」

「まあ、左様でございますの、ナポリの珊瑚かと不意におたずねになりますので私も少し吃驚いたしましたが、その紅雀の珊瑚に何かわけでも――」

とふみ子夫人が尋ねるままに、

「はい、実は――此の男の子とその姉にあたります子の親がなくなりましたので、身元がわかりませず、その珊瑚のお細工が私のところの家庭教師の方がナポリから或る絵描きの方に七年前送られたものと同じだと言うのが不思議な謎のようでございますので――そのわけを知ろうにも今肝腎の姉の方が居りませんので……」

由紀子夫人は、人眼もあるので、まゆみの家出の事まで何もかも委しくは語れなかった。

「まあ、左様でございますか――それは何んと言う偶然でございましょう。この珊瑚も七年前やはりナポリから送られたものでございます。送って呉れた人はやはり絵描きの勉強に仏蘭西へ旅立った人でございます――」

ふみ子夫人の言葉に一足前へ進み出た由紀子夫人は眼を輝かして、

「それで、あの大変立ち入って伺いますが、その絵をお描きになる方は、三浦廸也と仰しゃりはしませんでしたか？」

と問うと、颯と顔色を変えぬばかりに驚ろいたのは沢博士夫人だった。

「えッ、どうしてそれを御存じでいらっしゃいます、はい送り主は確かに三浦廸也と申しまして、私の姉はその方の兄さまに嫁いだので其の御縁でございまして――」

由紀子夫人はもう失礼もぶしつけも我を忘れて問いたださずには居られなかった。

「ではそのお兄様御夫婦は今どちらに――」

「それがあの――申し上げづらいのでございますが、三浦という名まで御存じゆえお打ち明けいたしますが、姉の嫁ぎました家は、公卿《くげ》の裔《すえ》で子爵でございました。堂本司と申しますがその姉の良人《おっと》でございました。親譲りの財産も家柄も人並すぐれてよろしかったのに、その義兄が若気の野心から悪い人たちにおだてられまして、銀山に手を出しましたり造船業をやり出したりして失敗してしまいました。その弟が廸也と申しまして、これはその母方の実家を継ぐことになって居りました。そして私とは許嫁のようになっていたようでございましたが、そうとも知らず、ほんとの兄妹のように思って仲よくいたして居りましたほどですの——それが又お兄さんの事業の失敗から、その弟の養家の三浦の財産まで高利貸の手に差し押さえられまして——それやこれやで私の親は許嫁の約束を解きまして、その頃京都の大学の助教授を致して居りました、沢と結婚するように申しますので、私は年齢もゆかずもう人形のように考えもなく嫁いでしまいました。その後で廸也は仏蘭西へ好きな絵の修業に立っておしまいになりましたそうで、その後間もなくナポリからと珊瑚の紅雀のこれを実家へ送ってまいりました。その時のお手紙には「許嫁の約束を解いたのを心配しないで呉れ、自分は運命と思い怒らぬ、今後は兄妹のように一生親しく交るつもりゆえ、安心して幸福な結婚に入るようになさい。自分はフランスへ行く途中長崎で美しい少女にめぐり合った。もしかしたら他日貴女に妻として紹介出来るかも知れぬ」と書いてございました。それを読んで私も安心いたしました。あの方にもそうした美しい思い人があるのならと……ところがその廸也さんはその翌年の冬フランスで少し無理な生活で苦学をなすったのが原因で肺炎で亡くなってしまいなすったのです。その知らせが私の京都の実家へ大使館から伝えられましたのも、じつは姉夫婦の堂本がすっかり家屋を失ない弟の養家の財産までその為犠牲にしましたので、礼遇停止とやらになる親族は、絶交同様に扱かいますし、面目なく外国へ行って成功すると申して日本を立ち去り満洲とやらへ渡ったまま、すっかり行衛がわからなくなったのでございます。それで仕方なく私の実家へ紹介があったらしいのでございますよ。それで私共の手で遺骨を船に托して送って戴き京都の荒れ果てた堂本の墓地に納めましたようなわけで——それでこの紅雀はそんな悲しい記念なので今も大切に時々思い出しては取り出し身につけて居りますの——」

ふみ子夫人の物語はしめやかに長く——そして結ばれた。

「まあ——」

由紀子夫人も綾子も聞入って吐息をついた。

何か余興が始まったので楽焼の店先の人々は皆余興場の方に集まり人影とてはふみ子夫人と綾子達合せて四人だった。

一つの余興が終ったのか遠くの木立の群集の中から拍手の音が陽気に聞えた。

「奥様、そのお姉様御夫妻にお子様はいらっしゃいませんでしたか？」

由紀子夫人は最後の止めを刺すように問われた。

「はい、可愛い姪がございました。京都に私のまだ居りました頃は、やっと五つ六つ位いでございましたから、眼のきれいな女の子で——今でも私は思い出すと何処の空で親と流浪しているかと案じられて涙が出ますの——」

由紀子夫人はつと立って章一の手を取ってふみ子夫人の前に連れて来た。

「貴女、その女のお子さんの名は「まゆみ」とは仰しゃいませんでした！」

「えっ、何もかも、何故そんなに御存じで！」

驚くふみ子夫人の手に未亡人は章一の小さな手を握らせて、

「この子はそのまゆみさんの弟でございます、日本をお離れになってから生れた方でしょう」

未亡人の言葉にはっとしたふみ子夫人はいきなり章一を抱き上げて頬摺りした。

「まあ――さっき絵を描いていらっしゃる時からふと心を魅かれて立ち止りお声をかけたのも、どこやら眉眼に私の姉の面影が宿っていたからでしょうに……」

夫人の眼から涙がほろほろと止め度なかった。

「そして、此の子が貴女様のお手許に居りますわけは、そして私の姉夫婦は、まゆみは、どういたしましたの、お話し下さいませ、そして会わして下さいませ、京都の実家でもそれはそれは探して居りますのに」

「おわかりにならないわけでございましょう。まゆみさんの御両親はハルピンへ渡って、堂本と仰しゃる名門のお名をおかくしになって、御自分のお名の司というのを苗字に仮名をお作りになって暮していらっしゃったのですから……」

「まあ、そうでしたの？」

ふみ子夫人は始めて知ってうなずいた。

「でもハルピンでは何か商会をお起しになって相当お楽に生活していらっした御様子でございますから、いずれ成功なすったら日本へお帰りになるつもりだったでしょうに、その堂本さんは御病気でお亡なりになったらしいのですの……」

辻未亡人の説明にふみ子夫人は更にせき込んで、

「で、その後私の姉は、そしてまゆみと此の子はどうして居りました。姉は音楽家になれるほど善い素質を持っていると声学の外人教師にも娘時代見込まれてお弟子にされた人でしたが、今何処にやはりお邸にお世話になって居りますか――」

東海道の汽車で行路病者となり果てたとも知らず姉を求めるふみ子夫人の言葉には、はたと辻未亡人は口ごもった、もし司という名のもとにさえ、隠れて居《お》られなかったら、去年各新聞の片隅にでも出た、まゆみ達を辻家へ引き取った事件が眼に止れば、ふみ子夫人達も早く気がついたであろうに、毎日の新聞記事は忙しい人の眼はこぼれ勝ちで、そして生憎、堂本の名は辻未亡人も始めて聞くまゆみの本名だった、否まゆみ姉弟も、親の偽りの名をまことと信じて居たであろうし……。

午後の秋の陽ざしは、広い紅葉の庭園を彩どって流れる、涙に暮れて亡き姉の忘れがたみの甥を抱きしめるふみ子夫人の前に、これも涙にしめる辻未亡人と綾子は、園遊会の雑踏の中から一つ取り残されたグループとなって不思議にも神秘な人生の一つの劇の前に立っていたのである。

ふみ子夫人の姉君の死、そして折角引き取ったまゆみの家出、そして廸也、亡き人の数に入りしとも知らで空しくその帰京を待って老嬢《オールドミス》となりし純子の話――辻未亡人は山なすその物語をふみ子夫人の耳に入れると共に、今は共力して行衛分らぬまゆみを探し出す相談相手として沢博士夫人に尽力して貰わねばならなかった――。

「此処ではゆっくりお話も出来ません、もし差し支えございませんでしたら、これから私共の方まで一寸いらっしゃって下さいませ、いろいろお話もおひき合せする純子さんも居りますから――」

辻未亡人のこういう申し出では、むろん今は園遊会どころの気分ではない、ふみ子夫人に取って快よく承諾された。やがて村内家の表門からこの四人の姿は自動車で走り出た。

章一は何が何やらわからぬ顔で、ただ皆が涙にしめるので自分も悲しくなったような顔で、さっき描きかけの楽焼のお皿を竈《かまど》にも入れる時もなく大事そうに抱えて居るのだった。

少女馭者

全山の紅葉にはまだ早かった、でも櫨《はぜ》はいち早く真紅に色づいて黄ばんだ秋の山辺を点々と飾った。

山と山に沿う谷河の流れの水も仄白く吹く風も秋の気配を含んで、白々と山道の薄《すすき》は銀の糸房をなびかせる。その中を一台の幌馬車が走ってゆく、山一つ越えて向うの小さな温泉場まで通う馬車だ。

馬車も馬も儀十爺さんの持物である。併し馭者台には儀十爺さんの姿は見えぬ。その代り紺の乗馬服凛々しいまゆみが鞭を振り、手綱をしぼっているではないか、秋の山路を走る汚ないがた馬車にこれはまあ何とした事ぞ、瞳美しき少女馭者とは！

そしてその少女馭者の隣りには稚《おさな》いこうちゃんが助手の様に控えている、此の助手の役目はお客様から賃銭を戴くことと、お釣を上げること、仲々間違わないでする。それからお客様が退屈をなさらぬ様に、時々お得意の童謡を唄う。

一度此の美しい少女馭者が馬車の上に現われるや温泉場通いの人々は今まで文明の利

器と仰いで喜んで乗っていた自動車を顧みなくなった。

「あの綺麗なお嬢さんはどうしたんだい」

「儀十爺さんが此間、自動車と張り合って大怪我をしたから馬車が動かせねえだ。その代りにってあの東京から来なすった綺麗なお嬢さんが馭者の代りをしてお遣《や》んなさるんだそうだ」

そうして噂がぱっと拡がると村の人達も行きずりの旅人も一種の義俠心と好奇心からも時代遅れの馬車に進んで乗って呉れる様になった。その反動で驚ろいたのは自動車の運転手である。自棄《やけ》に警笛をぶうぶう鳴らして乗手というものはよほど時間を急ぐ客の外にはなくなった。その上今迄は途中で儀十爺さんの馬車に出遇うとがたがたの古フォードを運転しているくせに運転手先生まるで人種でも違う様な顔をして、

「おい爺さん、其処退いた退いた」

などとつっけんどんにどなりつけたものを、今度は馭者台に凛々しく美しいまゆみが手綱を張ってからと言うもの、自動車の方で、たじたじの姿で小さくなって脇の方へ大きな図体をよけたりする有様はまるで鼠の前に猫がはにかんでいる様で痛快にもおかしかった。とは言え、まゆみがそれで得意になって女王然と好い気持になっていられる訳では決して無かった。汚いがた馬車、無遠慮な田舎人の質問、せんさく好きな温泉宿の人達の眼、そして、自動車側の反感、日々の糧をそうして稼ぐという事は随分自分を屈

しなければならない事だった。しかしその稼ぎは儀十爺さん夫婦とこうちゃん、そして自分とを支えなければならないものだった。まゆみはかなり烈しい肉体の疲労と一緒に、気持の上でのいろいろな経験をしなければならなかった。併しまゆみは我慢した、凜々しく鞭を振ってそれと一緒に自分自身をも鞭うつ気持で、――弱った儀十爺さんの気持を引き立て、おばあさんの相談相手になり、しょげようとするこうちゃんを元気づけて、今まゆみは儀十爺さん一家の柱だった。しかしお爺さんを十分に療養させるには、まゆみの稼ぎだけでは足りなかった。貧しいという事は情けない。まゆみは決してしょげはしなかったが、その頑くなにも見えた気持の底にはほのぼのと辻一家の温かい思い違いを理解しなつかしむ素直な思いが湧いたのだった。汽車に乗り降りする客を送り迎えする馭者のまゆみには今計らず必要品となった腕の時計はあの珠彦のものだった。それを見る度に、まゆみの胸には後悔に似た感情が次第にうずくのであった。

――今日は自動車が繁昌したというのは今朝東京から着いた客を二三人運んで夕方には更にその客が迎えに来て連れてゆく温泉客をのせて貸切りの約束が出来たのである。運転手先生得意となって今しもその温泉町から貸切りの客をのせて走る山路の中程、折から前方に馬を走らすまゆみの馬車の後に追いついてしまった。貸切りの客の手前、運転手も今日はおとなしくしていなかった。

「一寸退けて下さい、頼みまあす、危いですよ」

その声にまゆみは手綱をしめて、とっとっとっとと馬を傍に引き寄せ様とした。そして自動車の車体がどの辺まで来ているか見るつもりだったろう、駁者台からその長靴の足を片脚降してふり向いた。

「早く行かないと汽車の時間に乗り遅れるわよ」

と自動車の中から疳高《かんだか》な乱暴な少女の声がして、運転手台の方をさしのぞいた途端思いもかけぬ少女駁者の姿を前方の馬車に認めた彼女は、

「まゆみさん！」

とたまぎる様な声を出して、突破る様にして自動車の扉をあけ、駁者台に走り寄ったのは藤倉篤子である。

「まゆみさん！　私遂々みつけたわ、ああ嬉しい」

とまゆみの身体にいきなり、しがみついてしまった、その篤子の姿を見出したまゆみは流石《さすが》に鞭をパタリと落して呆然とした。

「まゆみさん、早く東京へお帰りにならなくては駄目よ。貴女の叔母様がみつかったのよ。そして貴女のお父様達がどんな立派な身分の方だったかちゃんと解ったのよ。辻さんのお宅でも章ちゃんも蔦村先生も綾子さんもどんなに貴女の事を心配して探していらっしゃるか知れないのよ。私みんな伺ったのよ、まゆみさん、さあ馬車なんかもう放って私と一緒に東京へ帰りましょう、私貴女をお連れして帰ればどんなに自慢だかわから

ないわ！」

と言い乍ら、がむしゃらに馭者台から引き下《おろ》そうとする、まゆみになんか一言も口をきかせない勢いである。其の有様に吃驚したこうちゃんは、まゆみの背中に抱きついて、

「お姉ちゃん」

と呼んで、此の大好きなお姉ちゃんを誘拐されては大変とばかり放さない。まゆみは優しくこうちゃんの手を握り乍ら、しかし流石に篤子の顔をみつめた。

「まあ、叔母が、――そして私の父の身分ですって？」

と低くつぶやいた。

此の有様に、自動車の客も馬車の客も吃驚した。殊に驚かされたのは自動車の中の篤子の祖母とその家族の人々である。

エピローグ

一年後の夏である、伊香保の辻別邸の門は開かれ、庭の掃除に余念がないのは、曾ては馬車屋だった儀十爺さんである。いつぞやの大怪我で骨を痛めた彼は老夫婦と孫娘と共に気楽な別荘番として辻家の別邸に雇われたのである。今日は東京の本邸から一族の来る日だった。去年の夏と変らぬ人数ながら、ただ一人その姿を見せぬのは章一である。何故なら彼は子宝の無い叔父叔母の沢博士夫妻を父母と呼ぶ身となって、博士の別邸の軽井沢に此の夏は連れゆかれたから――。

その翌朝早く別邸の門を出でた三騎――の乗馬姿、朝駒に乗った珠彦を先頭に綾子とまゆみ、その後に素足に草履のままぱたぱたと嬉し気について行くのは相変らずのこうちゃん。

榛名の山路は朝靄にしっとりと草露にしめるあたり、名もない草花が乱れ咲いて――その中を分けゆく馬の蹄……

「まゆみさん――又貴女は一人で此の峠を越えて行きたくなりはしませんかハハハ」

珠彦が遠く霞む榛名富士の頂の朝雲を眺めつつ、後のまゆみをかえり見てからかった。

「…………………」

此の人にも似気なくふっと瞼をうす赤く染めたまゆみは答うる言葉はあらで、一振り鞭を颯と駒をいそがす其の手に、純白な白革の手袋が有る故に、彼女の指に輝く婚約指輪《エンゲージリング》が雲にかくれた星のように秘められてはあるけれど……。山の草花を手折り束ねつつ唄うこうちゃんの声は山彦《こだま》させて朝の静かな空にひびく……

夕焼小焼で日が暮れて
山のお寺の鐘が鳴る
お手々つないで皆帰ろう
烏と一緒にかえりましょう。

子供が帰った後からは
円い大きなお月さん
小鳥が夢をみる頃は
空にはきらきら金の星。

——紅雀おわり——

解説

柚木麻子

1928年生まれの田辺聖子は吉屋信子の大ファンで、リアルタイム読者だったという。そんな彼女が手がけた念願の評伝『ゆめはるか吉屋信子』（中公文庫）によれば、戦争中、言論統制が進むと、吉屋信子は意に染まないものを書くくらいなら、と筆を折り、雑誌「少女の友」に掲載されなくなる。ゴリゴリの軍国少女だったおせいさんだが、それは悲しくてたまらなかったようで、古本をあさる。そこで手に入れたのがこの『紅雀』で、おせいさんはむさぼり読み、友人らと回覧し、盛り上がる。そうして「わずかに渇きを癒やしていた」そうだ。空襲中もよく持ち歩き、実家が焼けた時でさえ、最初に気にしたのは『紅雀』が無事か、ということ。母が持ち出してくれたおかげで、愛用の黒鞄の中で健在だった時は、本当に嬉しかったようだ。作家デビューしたあと、吉屋信子本人と交流した感動も綴られ、とても良い導入エピソードだが、実はこの話には続きがある。最後に触れよう。

おせいさんに限らず、連載当時、全国の小学校、女学校で「少女の友」が出る度に、

「あなた、『紅雀』をお読みになって？」と、女の子たちは口々に語り合っていたらしい。

吉屋信子没後50年の2023年、私はその当時の女学生のときめきを追体験することになる。

家庭教師の純子《すみこ》は、東海道線車内で、目立つ姉弟・まゆみと章一に出会って言葉を交わすも、そうこうしているうちに目の前で二人の母が突然死、という一章だけでも強烈な引きがある。純子の手引きで辻男爵邸へやってきた姉弟が、貴族社会の洗礼を浴び……というくだりは、欧米の王道少女小説といった趣でワクワクする。しかし、普通ならば、この世界にまゆみが溶け込むまでを描くはずなのに、強烈な自我を持つ彼女は、お情けにすがる暮らしはもう無理だ、とあの「ジェーン・エア」よりもだいぶ早いタイミングで、さっそうと馬に飛び乗り、家出をしてしまう。稲妻の光る中、生死をおびやかすような危険な山歩きを経て、馬車屋に助けられるも、すぐに馬乗りの才能を活かして稼ぎ頭になる。ところがその頃、邸では珊瑚の紅雀をめぐるロマンスが発覚、数奇な運命が絡まりあい……。と、こう書いているだけでも、「1930年に刊行された少女小説？　Netflix新着じゃなくて？」と首を傾げたくなるほどのジェットコースター的展開だ。スマホもテレビもない時代、これほど続きが気になるコンテンツがあることはどれだけの贅沢だったのだろう。戦時下であれば、そのまま読者にとって生への原動力にもなったかもしれない。

純子からして、当時としてはかなり異質なキャラクターだ。家庭教師の若い女性が物語の中心にいるのは少女小説メソッドだが、彼女はヒロインではなく、どちらかといえば語り手。それなのにすべてのロマンチックパートを担当している。思い通りにならないまゆみにイラッとしたりもするから、理想のお姉さまというわけでもない。最後まで読むと、まゆみと純子は表裏一体、年下の彼女を救うことは純子にとって過去の自分にケリをつけるために必要でもあった、というくだりは見事だ。

しかし、なによりも新しいキャラクターはクラスメイト・篤子だろう。まゆみを崇拝しているけれど、あえて近づかないようにしている、だけれども、まゆみをモチーフに勝手に創作して雑誌に投書してしまうあたり、早すぎたオタクという感じがある。身なりはだらしなく、ポケットを雑誌やプログラムで袋みたいにパンパンにしている。自分や友達に通じるキャラが存在することは当時の読者たちにとって、安心してハマれる要因になったはずだ。ぶっとんだ意地悪お嬢様・利栄子も、いちいち言動が面白いのでどうにも憎めない。簡単に女同士の諍いにもちこまない、信子の進んだ感覚が気持ち良い。

そして、本筋と関係ないところにふんだんにちりばめられた、教養とセンス、欧米文化の香りに読み手はうっとりしたはずだ。例えば、「絶壁の切崖にうなだれて咲く山百合の一輪を取って、朝駒の鞍に挿し根元を自分の乗馬服の胸のポケットから取り出した深紅の手巾《ハンカチ》に包んで結びつけた」（P193）という箇所。篤子も熱狂していたように、真似したい、と思う読者は続出しただろうし、実際やってみて馬に蹴飛ばされた女の子もいたのではないだろうか。

ベースにあるのが、吉屋信子が受けてきた教育だ。純子は長崎のカトリック女学校に学び、卒業後は研究科でフランス語や文化を専攻、そのあとはシスターに師事している。そのせいで、辻男爵邸の使用人には「少しばかり教育のあるのを鼻にかけて」とけむたがられている。それは吉屋自身が経験してきた栃木の女子校やＹＷＣＡでの寄宿生活にとてもよく似ている。女性に教育が平等に行き渡っているとはいいがたく、参政権すらない時代、確かに非常に恵まれた育ちだったといえる。ただ、信子はそれを自分一人のものにはしない作家だった。『紅雀』には産業主義への批判もあり、持てる者は富を正しく分配するべきで、自分とは異なる環境で生きてきた人間を排除してはならない、女性も勉強して自立することができる、というストレートな教育メッセージが読みとれる。まゆみも綾子も乗馬をし、外国語を学び、海外文化に当たり前のように触れている。楽しく物語を読み進めながら、少女たちは最先端とされていた良きものを、知らず知らずのうちに浴びていたのではないか。

ファッション誌、連ドラ、ジャーナリズム、笑い、おいしそうな食描写、未来に向かって歩み出す活力、そしてなによりも、ときめき。異文化やカルチャーにアクセスできるのは当時はごくわずかに限られた特権だったから、吉屋信子はたった一冊で少女に必要なすべてのコンテンツを兼ねよう、と考えたのだろう。男性批評家の揶揄をものともせず、彼女は気前よく、自分が知り得る教養全部をこれでもかと一作につめ込んで、できるだけ広い層に届けた。それは若い読者にとってどれほど輝かしく、ありがたかったことだろう。

さて、冒頭で触れた田辺聖子と『紅雀』のエピソードには続きというか、真実が隠されている。２０２１年に刊行された『田辺聖子　十八歳の日の記録』（文藝春秋）を発売後すぐに読んでいて、私はあることに気がついた。

この作品は、田辺聖子が亡くなった２０１９年頃、遺族が自宅で発見した正真正銘の本物の日記である。我々が知る、ユーモアと生きる喜び溢れる作家「田辺聖子」が生まれるそのずっと前に書かれたものだ。愛国心と作家の夢との間に揺れる、生真面目な少女の日常が、激しい空襲の描写とともに綴られている。この日記を信じるのならば、冒頭の『紅雀』を入れた黒鞄は、焼けた実家から救い出すことができなかったらしい。十八歳の田辺聖子はそれが本当にショックだったようだ。その後、焼失した本やノートのことは何回も言及される。

後年、田辺聖子が念願の吉屋信子の評伝を手がけることになった時、『紅雀』は無事だったと書いたのは、勘違いではなく、嘘なのかもしれない。だとしたら、なんとうつくしい嘘なのだろう。本当にあの本が無事であったのならどんなにか良かっただろう、という思いが、大人になった田辺聖子の中にずっとあったのかもしれない。『紅雀』は彼女にとって、焼けてしまった実家同様に、決して失いたくはない自分自身の核なのだ。どんな状況でも奪われたくない、ときめきとそれを信じる心だ。

十代の悲しい記憶を、おせいさんらしい空想と彩りで、みんなが喜ぶエピソードに塗り替えたのだ、と想像してみる。そうすると、やはり、吉屋信子が当時の少女たちひとりひとりに全身全霊で届けたメッセージは、見事に根を下ろし、そしてのちに、それぞれの場所で大きく花開いたのだと、胸が熱くなるのだ。

（ゆずき・あさこ＝作家）

初出　「少女の友」一九三〇年一月号――十二月号
初単行本　『紅雀』実業之日本社、一九三三年

河出文庫版は、右記の初単行本を底本として新字・新仮名遣いに改めた上で刊行された、ゆまに書房版『紅雀』（二〇〇三年）を底本とし、ポプラ社版『紅雀』（一九五一年）を適宜参照した。ルビは適宜付し直した。尚、本文中、今日では差別表現につながりかねない表記があるが、作品が書かれた時代背景と作品の価値をかんがみ、底本のままとした。

JASRAC　出2306422-301

紅雀《べにすずめ》

二〇二三年一〇月一〇日　初版印刷
二〇二三年一〇月二〇日　初版発行

著　者　吉屋《よしや》信子《のぶこ》
発行者　小野寺優
発行所　株式会社河出書房新社
〒一五一‐〇〇五一
東京都渋谷区千駄ヶ谷二‐三二‐二
電話〇三‐三四〇四‐八六一一（編集）
〇三‐三四〇四‐一二〇一（営業）
https://www.kawade.co.jp/

ロゴ・表紙デザイン　粟津潔
本文フォーマット　佐々木暁
印刷・製本　中央精版印刷株式会社

Printed in Japan　ISBN978-4-309-41993-0

花物語　上

吉屋信子　40960-3

少女の日の美しい友との想い出、両親を亡くした姉弟を襲った悲劇……花のように可憐な少女たちを繊細に綴った数々の感傷的な物語。世代を超えて乙女に支持され、「女学生のバイブル」と呼ばれた不朽の名作

花物語　下

吉屋信子　40961-0

美しく志高い生徒と心通わせる女教師、実の妹に自らのすべてを捧げた姉。……けなげに美しく咲く少女たちの儚い物語。「女学生のバイブル」と呼ばれ大ベストセラーになった珠玉の短篇集。

百合小説コレクション　wiz

深緑野分／斜線堂有紀／宮木あや子 他　41943-5

実力派作家の書き下ろしと「百合文芸小説コンテスト」発の新鋭が競演する、珠玉のアンソロジー。百合小説の〈今〉がここにある。

キャロル

パトリシア・ハイスミス　柿沼瑛子〔訳〕　46416-9

クリスマス、デパートのおもちゃ売り場の店員テレーズは、人妻キャロルと出会い、運命が変わる……サスペンスの女王ハイスミスがおくる、二人の女性の恋の物語。映画化原作ベストセラー。

白い薔薇の淵まで

中山可穂　41844-5

雨の降る深夜の書店で、平凡なOLは新人女性作家と出会い、恋に落ちた。甘美で破滅的な恋と性愛の深淵を美しい文体で綴った究極の恋愛小説。第十四回山本周五郎賞受賞作。河出文庫版あとがきも特別収録。

感情教育

中山可穂　41929-9

出産直後に母に捨てられた那智と、父に捨てられた理緒。時を経て、母になった那智と、ライターとして活躍する理緒が出会う時、至高の恋が燃え上がる。『白い薔薇の淵まで』と並ぶ著者最高傑作が遂に復刊！

ナチュラル・ウーマン

松浦理英子　40847-7

「私、あなたを抱きしめた時、生まれて初めて自分が女だと感じたの」――二人の女性の至純の愛と実験的な性を描いた異色の傑作が、待望の新装版で甦る。

少女ABCDEFGHIJKLMN

最果タヒ　41876-6

好き、それだけがすべてです――「きみは透明性」「わたしたちは永遠の裸」「宇宙以前」「きみ、孤独は孤独は孤独」。最果タヒがすべての少女に贈る、本当に本当の「生」の物語！

きみの言い訳は最高の芸術

最果タヒ　41706-6

いま、もっとも注目の作家・最果タヒが贈る、初のエッセイ集が待望の文庫化！　「友達はいらない」「宇多田ヒカルのこと」「不適切な言葉が入力されています」ほか、文庫版オリジナルエッセイも収録！

ふる

西加奈子　41412-6

池井戸花しす、二八歳。職業はＡＶのモザイクがけ。誰にも嫌われない「癒し」の存在であることに、こっそり全力をそそぐ毎日。だがそんな彼女に訪れる変化とは。日常の奇跡を祝福する「いのち」の物語。

ドレス

藤野可織　41745-5

美しい骨格標本、コートの下の甲冑……ミステリアスなモチーフと不穏なムードで描かれる、女性にまといつく“決めつけ”や“締めつけ”との静かなるバトル。わかりあえなさの先を指し示す格別の８短編。

あなたを奪うの。

窪美澄／千早茜／彩瀬まる／花房観音／宮木あや子　41515-4

絶対にあの人がほしい。何をしても、何が起きても――。今もっとも注目される女性作家・窪美澄、千早茜、彩瀬まる、花房観音、宮木あや子の五人が「略奪愛」をテーマに紡いだ、書き下ろし恋愛小説集。

きょうのできごと　増補新版

柴崎友香　41624-3

京都で開かれた引っ越し飲み会。そこに集まり、出会いすれ違う、男女のせつない一夜。芥川賞作家の名作・増補新版。行定勲監督で映画化された本篇に、映画から生まれた番外篇を加えた魅惑の一冊！

寝ても覚めても　増補新版

柴崎友香　41618-2

消えた恋人に生き写しの男に出会い恋に落ちた朝子だが……運命の恋を描く野間文芸新人賞受賞作。芥川賞作家の代表長篇が濱口竜介監督・東出昌大主演で映画化。マンガとコラボした書き下ろし番外篇を増補。

泣かない女はいない

長嶋有　40865-1

ごめんねといってはいけないと思った。「ごめんね」でも、いってしまった。——恋人・四郎と暮らす睦美に訪れた不意の心変わりとは？　恋をめぐる心のふしぎを描く話題作、待望の文庫化。「センスなし」併録。

あられもない祈り

島本理生　41228-3

〈あなた〉と〈私〉……名前すら必要としない二人の、密室のような恋——幼い頃から自分を大事にできなかった主人公が、恋を通して知った生きるための欲望。西加奈子さん絶賛他話題騒然、至上の恋愛小説。

ショートカット

柴崎友香　40836-1

人を思う気持ちはいつだって距離を越える。離れた場所や時間でも、会いたいと思えば会える。遠く離れた距離で“ショートカット”する恋人たちが体験する日常の“奇跡”を描いた傑作。

フルタイムライフ

柴崎友香　40935-1

新人ＯＬ喜多川春子。なれない仕事に奮闘中の毎日。季節は移り、やがて周囲も変化し始める。昼休みに時々会う正吉が気になり出した春子の心にも、小さな変化が訪れて……新入社員の十ヶ月を描く傑作長篇。

異性

角田光代／穂村弘　41326-6

好きだから許せる？　好きだけど許せない⁉　男と女は互いにひかれあいながら、どうしてわかりあえないのか。カクちゃん&ほむほむが、男と女についてとことん考えた、恋愛考察エッセイ。

学校の青空

角田光代　41590-1

いじめ、うわさ、夏休みのお泊まり旅行…お決まりの日常から逃れるために、それぞれの少女たちが試みた、ささやかな反乱。生きることになれていない不器用なまでの切実さを直木賞作家が描く傑作青春小説集

人のセックスを笑うな

山崎ナオコーラ　40814-9

十九歳のオレと三十九歳のユリ。恋とも愛ともつかぬいとしさが、オレを駆り立てた——「思わず嫉妬したくなる程の才能」と選考委員に絶賛された、せつなさ百パーセントの恋愛小説。第四十一回文藝賞受賞作。映画化。

カツラ美容室別室

山崎ナオコーラ　41044-9

こんな感じは、恋の始まりに似ている。しかし、きっと、実際は違う——カツラをかぶった店長・桂孝蔵の美容院で出会った、淳之介とエリの恋と友情、そして様々な人々の交流を描く、各紙誌絶賛の話題作。

ニキの屈辱

山崎ナオコーラ　41296-2

憧れの人気写真家ニキのアシスタントになったオレ。だが一歳下の傲慢な彼女に、公私ともに振り回されて……格差恋愛に揺れる二人を描く、『人のセックスを笑うな』以来の恋愛小説。西加奈子さん推薦！

鞠子はすてきな役立たず

山崎ナオコーラ　41835-3

働かないものも、どんどん食べろ——「金を稼いでこそ、一人前」に縛られない自由な主婦・鞠子と銀行員・小太郎の生活の行方は⁉　金の時代の終わりを告げる傑作小説。『趣味で腹いっぱい』改題。

ぬいぐるみとしゃべる人はやさしい

大前粟生　41935-0

映画化&英訳決定！　恋愛を楽しめないの、僕だけ？　大学生の七森は“男らしさ”“女らしさ”のノリが苦手。こわがらせず、侵害せず、誰かと繋がりたいのに。共感200%、やさしさの意味を問い直す物語

小松とうさちゃん

絲山秋子　41722-6

小松さん、なんかいいことあった？——恋に戸惑う52歳のさえない非常勤講師・小松と、ネトゲから抜け出せない敏腕サラリーマン・宇佐美。おっさん二人組の滑稽で切実な人生と友情を軽快に描く傑作。

ばかもの

絲山秋子　41959-6

気ままな大学生ヒデと勝ち気な年上女性、額子。かつての無邪気な恋人たちは、深い喪失と絶望の果てに再会し、ようやく静謐な愛の世界に辿り着く。著者を代表する傑作恋愛長編。

薄情

絲山秋子　41623-6

他人への深入りを避けて日々を過ごしてきた宇田川に、後輩の女性蜂須賀や木工職人の鹿谷さんとの交流の先に訪れた、ある出来事……。土地が持つ優しさと厳しさに寄り添う傑作長篇。谷崎賞受賞作。

私を見て、ぎゅっと愛して　上

七井翔子　41792-9

婚約者がいるにもかかわらず、出会い系サイトでの出会いをやめられない女性が、さまざまな精神疾患を抱える日常を率直に綴った話題のブログを大幅に改訂し文庫化。

私を見て、ぎゅっと愛して　下

七井翔子　41793-6

婚約者がいるにもかかわらず、出会い系サイトでの出会いをやめられない女性が、さまざまな精神疾患を抱える日常を率直に綴った話題のブログを大幅に改訂し文庫化。

著訳者名の後の数字はISBNコードです。頭に「978-4-309」を付け、お近くの書店にてご注文下さい。